ドクターの恋文

安曇ひかる

幻冬舎ルチル文庫

CONTENTS ✦目次✦

ドクターの恋文

✦イラスト・山本小鉄子

✦カバーデザイン＝齊藤陽子（CoCo.Design）
✦ブックデザイン＝まるか工房

ドクターの恋文

去年、郊外に巨大ショッピングモールができた時、木嶋智秋《きじまちあき》は当然のことながらこの店の行く末を心配した。JR駅から住宅街に向かう通り道という恵まれた条件にあるこの商店街にも、少なからず影響が出るのではないかと思った。同じような商店街の中には、大型店の進出や長引く不景気の煽《あお》りを食らい、シャッター通りと化しているところも少なくない。

しかし幸いなことにその懸念は懸念のまま終わった。昭和の時代から地域の人々の生活を支えてきた店並みが、その活気を失うことはなかった。高齢者の多いこの地域では、みながみな自家用車を持っているわけではない。ちょいとサンダルを引っかけて商店街に出かけ、八百屋で野菜を、鮮魚店で魚を、精肉店で肉を買う。そんな昔ながらの暮らしがこの町ではまだ息づいている。

「年末の福引き、今年の特賞はハワイ旅行ですってよ」

「あら、去年は韓国だったわよね」

「それは一昨年《おととし》。去年は確か、沖縄じゃなかったかしら」

道行く人々の会話と笑い声に混じって、軒下で自転車のスタンドを立てる音がする。

客が来たのだ。

智秋は読んでいた文庫を閉じ、店の奥にしつらえた古い椅子《いす》から立ち上がった。

通りに面した窓から見えるのは、羨《うらや》ましくなるほど均整の取れた体軀《たいく》の、背の高い男だ。後頭部の形がきれいで、半袖《はんそで》のTシャツから伸びた腕が長い。後ろ姿を見るに三十代半ばくらいだろうか。常連の客ではないようだった。

立てつけの悪い引き戸との格闘に勝利した客が、店内に入ってくる。木枠にガラスをはめただけのお粗末な戸は、さすがにそろそろ取り替えなければならないだろう。

「いらっしゃいま……」

がたがたと音をたてて引き戸を閉め、「よう」と男がこちらを振り返った瞬間、智秋は身体《からだ》中の血液が青く変色したような気分になった。

なんの冗談だ。というかこれは偶然？　いやまさか。いくらなんでもそんなこと。

――でも、だったらどうして……。

最後の「せ」を忘れたまま立ちつくす智秋に、男は一本の万年筆を差し出した。

「書けなくなった。どうにかしてほしい」

どうやら店先でいきなりあの話をするつもりはないらしい。ペンの修理をしてほしいと言うのだから、冷静に用件にのみ応《こた》えればいい。そう思ったらばたばたと暴れ回っていた心臓が少しだけ落ち着きを取り戻した。

手渡された万年筆は、モンブラン社製の高価なものだった。知人からの贈り物でずっと気に入って使っていたが、先日どこかに置き忘れてしまい、数日経《た》って見つかった時には書けなくなっていた。男はそう説明した。

しかし智秋にはすぐに嘘《うそ》だとわかった。気に入って使っていたというわりに、ペン先には傷ひとつなくボディも新品に近い状態だった。数日使わなかったくらいでインク詰まりを起こすことはあまりない。おそらくインクを入れた状態のまま何ヶ月も、下手《へた》をしたら年単位で放置されていたのだろう。

年端《としは》もいかない頃から、万年筆職人だった祖父の傍《かたわ》らで万年筆の修理や手入れを見て育った。ミニカーにもヒーローにもゲームにも興味はなく、智秋のオモチャはもっぱら万年筆とそれを修理調整する道具たちだった。高校卒業後は万年筆メーカー・ツバキ万年筆に入社し、五年間主に開発を担当していた。その昔祖父も勤めた国内大手のメーカーだ。そして今はこうして祖父から継いだこの店をひとりで切り盛りしている。魚屋にヒラメをカレイだと偽ることができないように、万年筆に関して智秋の目を欺《あざむ》くことはできない。

木嶋文具店は、商店街の片隅にある小さな文具店だ。昭和の時代に祖父が始めた。レトロと言えば聞こえはいいが、建物も内装もあちこち傷みが激しい。陳列棚や文具ケース、万年筆のショーケースまで、ほとんどが祖父の代から引き続き使っている年代物だ。

大切に手入れはしているが、それでも限界はある。そろそろ何とかしなければならないとは思うが、幼い頃からの思い出がぎゅっと詰まったこの狭い空間に、手を加える決心はなかなかつかない。

「ここで修理できないわけではないのですが、これはメーカーに持っていかれた方がいいと思います」

ともするとうわずりそうになる声で、ようやくそう告げた。

「なぜだ。万年筆の修理・調整承りますと、表の看板に書いてあったぞ」

「申し訳ありません。モンブラン社製のものだけは特別で、メーカー以外で修理をすると保証の対象外になってしまうんです」

男の持ち込んだペンは、見たところインク詰まりを起こしているだけのようだった。しかしモンブラン社の場合、メーカー外の誰かが一度でも修理を施すと、後々部品交換が必要になった際などに保証がきかなくなってしまう。丁重に事情を説明すると、男は渋々納得した。

「そういうことなら仕方ないな」

「申し訳ありません」

よかった。案外早く済みそうだ。がちがちに強《こわ》ばっていた全身の力が半分抜けた。

「その代わり、ここで別のを買う」

「え？」

思いもしない展開に、智秋の身体はふたたび強ばる。

「これを修理に出している間に使う万年筆がいるだろ」

「あぁ……」

そうですね、という答えは後で考えてもかなり間抜けだったと思う。

「それにモンブラン以外のペンだったら、ここで修理や調整をしてもらえるんだろ？」

「それは……はい。そうですけど」

もしかすると本当にこの男は自分を覚えていないのだろうか。いやいや「よう」なんて軽く手を挙げて入ってきたのだから、覚えていないってことはないはずだ。

じゃあどうして。脅しに来たとか？　まさか。でも。

ぐるぐる考えあぐねる智秋をよそに、男はショーケースの中を物色し始める。

「この、ペリカンのやつ見せてくれ。グリーンの」

「スーベレーンの緑縞《みどりじま》ですね。お待ちください」

智秋は泣きたい気持ちをぐっとこらえ、ショーケースの鍵《かぎ》を開けると、ペリカン社製スーベレーンm800を取り出した。緑の縞はこのシリーズの一番人気だ。

「ニブ――ペン先はどうされますか？　太字、中字、細字、それから極太と極細がありますが」

早く決めてくれ。でもってさっさと帰ってくれ。

意図せず早口になっていることに、智秋は気づいていなかった。

「そうだなあ、とりあえず中字と細字を試してみたい。試し書きは？」

「こちらへどうぞ」

舌打ちしたい気分で、男を店の真ん中に配置してある木製のテーブルへ案内した。できないと言ってしまうのは簡単だが、店主としてのプライドが許さなかった。

「わざわざ椅子に座って書くのか」

「はい」

文字を書くという行為は、ほとんどの場合座った状態でなされる。立ったままの試し書きでは大丈夫と感じたのに、家に帰って座って書いてみたらどうもしっくりいかないということがままあるのだ。木嶋文具店では祖父の代から、試し書きの際は椅子に腰かけてもらうことにしていた。

客が試し書きをする間、店主の智秋はその様子をじっと観察する。ペンの持ち方、クセ、筆圧の強さ。それを脳内のカルテにインプットし、その人に一番しっくりくるペン先に調整する。

丸テーブルを挟んで、男の向かい側に座る。試し書き用の白い紙に、男が少々ぎこちない動きでペンを走らせた。

ゆらゆらと波線、くるりくるりと大小の円。

それからよくわからないドイツ語らしき筆記体。

「うん、悪くないな。書きやすい」

男が呟《つぶや》く。

住所、電話番号、そして名前——檜野冬都《ひのふゆと》。

それが男の名らしい。

檜野はまれに見る悪筆で、住所も名前も本人の解説なしに判読することは芸能人のサイン並みに不可能だった。ペンの持ち方にも独特の強いクセがある。理科と算数だけがずば抜けて得意だった、小学校の同級生の持ち方によく似ていた。

斜めからペン先を覗《のぞ》き込む姿は、甘ったるいラブレターを書いていたとしても、小難しい計算問題を解いているようにしか見えない。

「よし、これに決める」

檜野はさんざ迷ってMニブ（中字）を選んだが　ふと上げたその視線をカウンター奥のガラス棚で止めた。

「そこの棚にある、あの透明なやつ、あれも万年筆なのか？」

「ええ。今お試しいただいたスーベレーンm800と、ペン先や構造はまったく同じものですが、軸が透明になっているんです」

「スケルトンの万年筆か。珍しいな」

「お持ちしましょうか」

「ああ。頼む」

檜野が目をつけたのは、試し書きをしたものと同じペリカン社製スーベレーンm800の限定品で、デモンストレーターと呼ばれるタイプのものだった。元々はメーカーが自社製品の説明をするための営業ツールとして作られたもので、内部構造が見えるスケルトンボディが特徴だ。特にスーベレーンm８００は同軸や尻軸《しりじく》に、「piston」「ink tank」などとパーツ名が彫り込まれていて、知的なイメージで人気だ。

スケルトンタイプの万年筆は様々なメーカーから出されているが、スーベレーンは特に人気が高い。ちなみに智秋自身は、デモンストレーターがあまり好きではない。透けた筒が注射器を連想させるからだ。ちょっとしたトラウマがあって、智秋は注射が苦手だった。

「めちゃめちゃかっこいい」

手にした瞬間、檜野は小学男子のような語彙《ごい》で感嘆を口にした。

「注射器みたいで」

「……………」

この男とはきっと趣味が合わないだろうと智秋は確信した。

スケルトン万年筆を蒐集《しゅうしゅう》しているマニアは多いが、実用というよりも観賞用として所持しているだけのことも少なくない。構造上傷や汚れ、黄ばみなどが目立つため、いつもきれいな状態にしておかないと気が済まない神経質な人には向かないのだ。

説明する智秋に、檜野はまったく無問題だと首を振る。手にした透明なボディにこれでもかと顔を近づけ、黒目が寄るほど見つめながら言った。

「俺はこの世に生まれ落ちた瞬間から、神経質とは反対のベクトルに向かって進んできたんだ。ペンがインクでまみれようが多少傷が入ろうが気にしない。それよりインクの減りが目で確認できるのは素晴らしい。忙しいさなかにインク切れなんて、最悪だからな」

贈られた万年筆にインクを入れっぱなしにして何年も放置するくらいなのだから、申告に嘘はないのだろう。それでもあの夜の檜野は、蕩《とろ》けるように優しかった。今スケルトンのペン軸を持ち上げている、太く節くれだった指に何度も何度も奥を掻《か》き回され……。

——ダメだ。

ちょっと気を抜くとすぐに回想の波にのまれそうになる。智秋はふるふると頭を振った。

「お包みしてよろしいですか」

「ああ」

「ありがとうございます。三、四ヶ月お使いになってみて、しっくりこない時はもう一度調整にいらっしゃってください」

「三ヶ月？　なんでそんなに」

「万年筆は文字を書くための、いわば道具ですから、新品はどうしても使いにくいんです。徐々に使う人の手になじんでいくんですけど、一日二日ではわからないんです」

「ふーん。なるほど、道具か」

頷《うなず》く檜野の前で、智秋はいつもの倍の早さでペンを包装した。これ以上向かい合っていたら、あの夜の様々がリアルに蘇《よみがえ》って、顔を上げられなくなってしまう。

「ありがとうございました」

ちょっと押しつけるみたいに手提げ袋を渡し、店の玄関まで送ろうとしたところで、檜野が振り返った。

「ところで木嶋智秋くん」

いきなりフルネームで呼ばれ、智秋は固まる。木嶋文具店なのだから名字は見当がつくだろうが、智秋という名前は表札にも出していない。あの夜うっかり口にしたのだろうか。とするとやはりこの男の目的は――。

「よかったら今夜、ふたりで飲みに……」

「よくありません！」

とっさにそう叫んだ。

思いのほか大きな声が出て、檜野が驚いたように目を剝《む》く。

「あ、いや、あの、今夜はちょっと」

「明日でも明後日《あさって》でもいいぞ」

「アッ、アルコールは……あんまり」

「なら食事だけ」

「いえ……あの、お、おれは」

パニックを起こしそうだった。目の前がぐらぐらして、手のひらの湿度が増していく。

「ドクター同士、話が合うかもしれないじゃないか」

「ドクター同士？」

首を傾《かし》げる智秋に、檜野は店の片隅を指さした。

そこに置かれているのは古びた小さな看板。『ペンドクターのいる店』と書かれたそれは、祖父の代に掲げていたものだ。智秋が店を継いでからは、外して店の隅に置いてある。

「あれは……違うんです」

「何が違うんだ。万年筆のお医者さんなんだろ？」

「あれは祖父のもので……おれはまだ」

半人前ですとは言えなかった。半人前の職人にペンを預けたい客などいない。

身を硬くして俯《うつむ》く智秋の緊張が伝わったのだろう、檜野はそれ以上誘ってこなかった。ガタピシと鈍い音をたてて引き戸を開きながら「また来る」と薄笑いを残し去って行った。

その背中を見送りながら、智秋はその場に座り込まんばかりに脱力した。

あの持ち方は、万年筆を使い慣れた人間のものじゃない。長年のカンでわかる。あれはボールペンでガリガリ書くタイプの持ち方だ。そんな男がなぜ、嘘をついてまでここへやってきたのか。考えるほどに、答えはひとつの場所にたどり着く。

——目的はペンじゃなくて、おれ。

冗談じゃない。智秋は頭を抱え、神に祈った。

もう二度と来ないでほしい。来ないでくださいお願いです。頼む。来るな。

しかしそんな智秋の願いを知ってか知らずか、檜野はその後も月に二、三度のペースでやってきた。何というほどの用事はなくその時々、シャープペンシルの替え芯《しん》だとか、工作ばさみだとか、プリンターの用紙だとかを買って、帰っていった。

三度目に訪れた時、檜野が隣町で診療所を営む医師だと知った。入れ違いに入ってきた別の客が教えてくれたのだ。「ドクター同士」と言っていたが、檜野こそが正にドクターだったのだ。

死ぬほど会いたくない相手とはいえ客には違いない。最低限の笑顔で対応する智秋に、檜野は決まり文句のように「今夜飲みに……」と誘いを投げかけてくる。忙しいから、用事があるから、アルコールは苦手だから。様々な理由で断り続けるうち季節は巡り、あっという間に半年が過ぎた。

もう半年。まだ半年。どちらでもいい。

いい加減諦《あきら》めてくれないだろうかと思うのだが、檜野はなかなかしつこかった。

智秋は檜野と寝た。

その時はまだ、男の名が檜野冬都であることも隣町の診療所の医師であることも知らなくて、有《あ》り体《てい》に言ってしまえばすべてが済んだ後も顔すらはっきり覚えていなかった。半年前、檜野が最初に店に来てスケルトンの万年筆を買った日の、ちょうど一週間前のことだ。

この春まで、智秋には恋人がいた。ツバキ万年筆に勤めて四年目、二十一歳の頃からだからかれこれ三年半以上付き合ったことになる。同じ年で、当時はまだ大学生だった篠崎芳朝《しのざきよしとも》という男だ。友人に誘われて冷やかしに行った近所の大学の文化祭で声をかけられた。

いつも仕事――万年筆のことしか頭になくて、幼い頃から大学進学など一度も考えたことのなかった智秋は、大学という場所に足を踏み入れたのは初めてだった。大勢の人の輪に入っていくのが苦手で、その日も自分と同じ年代の若者たちが楽しそうに食べたり飲んだりステージで歌ったりするのを、離れた場所からそっと見ていた。

『何してんの？　学祭つまんない？』

そんな軽いノリだったと思う。ベンチに腰かけた智秋の前に、缶ジュースを持った男が立っていた。きれいな男だなあというのが最初の感想だ。すこしだけ色を抜いた髪が秋風に優しく靡《なび》いている。すらりとした体軀に整った目鼻立ちは、学生でごった返すキャンパスの中でもひときわ目立っていた。後ろを通る女の子たちに声をかけられ、軽く手を振り返す姿もサマになりすぎるほどだ。自分を魅力的に見せる術《すべ》をよく知っているようだった。

うちの学生？　違うの？　万年筆の開発？　同い年なのになんかすごいなあ……。

相手が大学生だというだけで気後《きおく》れしてしまう智秋に対し、芳朝と名乗ったその男は実に気軽に話しかけてくれた。その日のうちに意気投合し、次に会う約束をした。万年筆メーカーの社員と大学生、何の繋《つな》がりもないふたりだったが、気づけば次第にその距離を縮めていた。

自分の性指向を告白することに戸惑いがなかったわけではないが、いつかは話さなくてはならないと思っていた。思い切って打ち明けたのは知り合ってから半年ほど経った頃だ。せっかくできた気の合う友人を失ってしまったらどうしよう。そんな智秋の不安を、芳朝は一瞬で吹き飛ばした。

『なんだ。もっと早く言ってくれればよかったのに。黙ってるの、きつかっただろ』

優しい眼差《まなざ》しで見つめられ、涙が出そうになった。

そして自分が恋に落ちていたことを知った。

気にしないで今までどおり友達として。おどおどとそんな台詞《せりふ》を口にする智秋に芳朝は、自分の恋愛対象は基本的に女性だが、最初に会った時から智秋のことが気になって仕方なかったのだと言った。

『気が合う友達ってだけじゃ、この気持ちは説明できない。上手《うま》く説明できないんだけど智秋の傍《そば》にいると安心するし、離れるとすぐにまた会いたくなる。多分間違いなく、おれも智秋が好きだ。恋愛という意味で』

天にも昇る気分だった。

気分屋なところのある芳朝は、時に智秋を不安にさせたけれど、大きなけんかにはならなかった。智秋が折れることが多かったのは仕方のないことだと思っている。マイノリティゆえ恋人など一生できないかもしれないと思っていたのに、芳朝は自分を受け入れてくれた。本当は女の子の方がいいのに、あえて智秋を選んでくれた。それだけで十分だった。智秋の胸には、いつも彼への感謝の気持ちがあった。

年を重ねるごとに思い出も増え、このままずっとこの暮らしが続いていくのだと信じていた。祖父の文郎《ふみお》が亡くなり、心を許せる存在は芳朝だけになった。

『智秋、俺結婚する』

突然そう告げられた時、何を言われているのかさっぱりわからなかった。帰省するたび、母親から早く孫の顔を見せて欲しいと懇願されていたのだという。

『俺が好きなのは智秋だけだ。でも実はここ最近、母さん病気がちなんだ。孫の顔を見せてやるのもひとり息子の役目だろ。俺だって辛《つら》いよ。本当は別れたくなんかないんだ。でも……智秋、ごめんな。本当にごめん』

返す言葉がなかった。震えるほどに固めた拳《こぶし》が、力なく解《ほど》けていった。

親は大事だ。両親に去られ、祖父に育てられた智秋だからなおよくわかる。文郎がもし病の床で、最期《さいご》に孫の顔が見たいと泣いたら自分はどうするだろう。実際にそんな場面を経験したことはないが、耐えがたい苦悩に襲われるであろうことは想像に難くない。

芳朝はずっとひとり辛い思いをして、迷って苦しんで結論を出したのだ。

ひと月悩んだ末、智秋は別れを了承した。芳朝を責めることなく、静かに身を引くことがせめてものプライドだった。どれほど悲しくても、もう二度と会わない。それが彼のためでもあるし自分のためでもあると思った。

しかし結婚式の当日、智秋はふらふらと式場へ向かった。結婚式をぶち壊してやろうとか、そんな大それた計画があったわけではない。ふと自分から芳朝を奪ったのはどんな女性なのか、見てみたいと思ったのだ。知らない方がいいのだと頭ではわかっていた。けれど普段なら嫌というほど俊敏に働く理性が、どうしたことかその日に限って、まるでエンストしたポンコツ車のように動かなかった。

別に声をかけるわけじゃない。遠くからちらっとその姿を見られればいいのだ。きっとそれで満足する。美人なら諦めがつくし、そうじゃなかったら大した女じゃないじゃんと溜《りゅう》飲《いん》を下げることができる。

浅ましいとは思ったが、智秋は何かに取り憑《つ》かれたように結婚式場へと向かった。

小さなチャペルから出てきた花嫁が、美人だったかどうか智秋はよく覚えていない。顔のつくりやスタイル以前に、ふたりの――彼女とその夫になる芳朝の、あまりにも幸せそうな笑顔に、全身の血が引くほどの衝撃を受けてしまったのだ。芳朝に気づかれる前にチャペルに背を向け駆けだした。足がもつれ、何度も転びそうになった。

いつしか日の落ちた繁華街をふらふらと歩きながら、自分がどれほど間抜けなことをしたのかにようやく気づいた。本当に救いようのないバカだ。こうなることなどわかりきっていたはずなのに。

もしかしたら、あえて傷つきたかったのかもしれない。これ以上落ちることのできない場所まで落ちて、深い湖の底に沈んでしまいたかったのかもしれない。

飛び込むように入った店で、足腰が立たなくなるほど飲んだ。酒は付き合い程度にしか飲まないくせに、その夜はわざと強い酒を選んで浴びるように呷《あお》った。

飲んで飲んで飲んで――気づいたらなんだか少し肌寒かった。背中がごつごつして痛い。

『おいこら。ここはベッドじゃないぞ』

『ん……』

『こんなところで寝てると、犬にションベンひっかけられるぞ』

落ちてきた声に、うっすらと目を開いた。知らない男が自分を見下ろしている。そしてなぜかぐるぐると回っている。回りながら人を見下ろすのが趣味なのだろうか。変な人だと思ったら笑えてきた。笑ったら急に気持ちが悪くなってその場に吐いた。吐きながら意識が途切れた。

次に気づいた時、智秋はベッドの上にいた。自分の部屋ではなくホテルかどこかだろうと酔った頭で考えた。

『目、覚めたか。そこに水があるから飲め』

さっきの男だろうか。背の高いその男は、今度は回っておらず、なぜか全裸だった。シャワーでも浴びていたのだろうか、ガシガシと乱暴に頭を拭《ふ》いたバスタオルを、そのまま腰に巻いた。

『どうするつもりですか』

『あ？』

『おれを、どうするつもりですか』

自分でもびっくりするほど掠《かす》れた声が出た。アルコールで喉《のど》をやられてしまったらしい。

『どうするって、そらこっちの台詞だ。人の服にゲロりやがって、挙げ句に吐きながら眠っちまうし。誤飲して窒息でもしたらどうするつもりだ』

服にかけた記憶はなかったが、小さな声で『すみませんでした』と謝った。だから男はシャワーを浴びていたのだ。

『おれを……抱くんですか』

そういうつもりでなきゃ、見ず知らずの酔っ払いをホテルになんか連れ込まない。自分はこの男に拾われたのだ。そして抱かれるのだ。芳朝が新妻と睦《むつ》まじく微笑《ほほえ》み合っているであろう、同じ時間に。

『抱いて欲しいのか』

そんな聞き方はずるい。けれどこのまま何もせず、ひとりぼっちの部屋に帰るのはどうしても嫌だった。はじけるような芳朝の笑顔。思い出すたび胸に刺さった。

『抱いて欲しいです』

『………』

『抱いてください。お願いです』

窓際で、男は黙っていた。

『抱いてください。そのためにシャワー浴びたんですよね』

『ゲロ臭かったからだ』

『抱いてよ……頼むから』

『そういうことを言うんだ、お前』

『抱いてくれないと、死ぬ』

しかめっ面《つら》でため息をつきながら、男がゆっくり近づいてきた。

『死ぬとか、簡単に言うんじゃねえ、バカ……』

雪のひとひらのように、静かなキスが落ちてくる。

よかった、抱いてもらえる。ひとりにならなくて済む——少なくとも明日の朝まで。

瞳に溜《た》まった涙が、ほろほろと零《こぼ》れた。

酔っていたから記憶は曖昧《あいまい》だが、男はセックスが上手かったような気がする。芳朝以外の男と寝たことはないが、それでも何となくわかった。

そもそも性器ではない場所を代用しているのだから、長い間そんなものだと思っていたが、たとえ代用であっても時間をかけて解《ほぐ》していけば、そこだけで感じられるのだと智秋はこの夜初めて知った。芳朝が果てた後、自分の手で処理することさえあった智秋に、男との行為は少なからず驚きをもたらした。

節くれだった指で中を掻き回されると、堪《こら》えきらずに甘ったるい声が漏れた。嫌だ、もうダメと訴えてもやめてくれない。中を弄《いじ》られながら舌先で先端の敏感な部分をくすぐられ、あられもなく身悶《みもだ》えた。そこが弱いと知ったからなのだろう、男は智秋の濡《ぬ》れそぼった先端をずいぶん長い時間をかけて愛撫《あいぶ》した。

『もっ……ダメ、やっ……』

『もう？』

『そこ、ダメ、あ、出るっ……ああっ！』

身体を開かれた恥ずかしい姿で射精する智秋に、男はまた優しいキスをくれた。錯覚でもよかった。夢でもいい。ただ人肌のぬくもりに包まれていたい。

智秋は男の首に縋《すが》り付き、子供のように泣きじゃくった。

『……とも』

我知らず、憎らしいその名を呼んだ。

男は何も言わず、背中をさすってくれた。聞こえていなかったのかもしれない。

何度も指でイかされた後、男を受け入れた。息がつまるようなこの瞬間が、永遠に終わらなければいいのにと思った。

『もっと……めちゃくちゃにして』

優しすぎる愛撫が悲しかった。

もっともっと、壊れてしまうくらい激しくされたい。何もかも忘れてしまうほどに。

『芳朝……』

小さな呟きに、男の瞳が少し揺れたように見えたのは気のせいだろうか。それ以上言うなとばかりに唇をふさがれ、音がするほど腰を打ちつけられ、智秋と男はほぼ同時に果てた。

朝方目覚めた時、男は傍らで熟睡していた。

薄暗い中、手探りで身繕いをし、ひとり静かに部屋を出た。

——ごめんなさい。さようなら。

もう二度と会うことはない。そう思っていた。

なにもそこまでというほどの暑さの後、いかにものろのろとやってきた秋は、呆《あき》れるほどあっさりとその座を冬に明け渡した。十一月に入ったばかりだというのに、朝夕にはヒーターが欠かせない。

がちゃりと自転車のスタンドを立てる音に顔を上げる。店の窓越しに背の高い男の姿を見つけ、智秋はその神経質に整った眉《まゆ》をほんの少し顰《ひそ》めた。

そろそろまたやってくる頃じゃないかと思っていた。

そして、来なければいいのにと思っていた。

相変わらず立てつけの悪い引き戸が渋い音をたてて開く。同時に智秋は立ち上がり、心の底で濁って渦を巻く感情に笑顔で蓋《ふた》をした。

「いらっしゃいませ」

ようと片手を挙げ、檜野は後ろ手に引き戸を閉めようとしたがスムーズに閉められず、結局後ろを振り返ってガタガタやらなくてはならなかった。いつものことだ。

「すみません。後で油さしておきますね」

「いや」

「いい加減修理に来てもらわないといけないとは思ってるんですけど」

「ドアなんて、開いて閉まればいい。鍵がかかれば完璧だ。それよりえーと……あれ、どこに入れたんだったかな」

檜野がジャケットのポケットをがさごそと探る。

「あーあった。ここだ」

あろうことか檜野はズボンのポケットからそれを取り出し、ガラスカウンターの上に敷かれた革製パッドの上に置いた。半年前にここで買った万年筆、スーベレーンｍ８００デモンストレーター。限定品で現在はほとんど市場に出回っていない希少な万年筆を、裸でズボンのポケットに突っ込んで持ってくる客を、智秋はこの男のほかに知らない。

「その後いかがですか。そろそろ半年になりますけど」

「書けなくなった」

「え？」

智秋は目を見張った。

「三ヶ月くらい経った頃から手に馴染《なじ》んで、すごく使いやすくなってきてたのに、突然書けなくなっちまったんだよ。今朝から」

「ちょっと見せていただいてよろしいでしょうか。そちらにおかけになってお待ちください」

檜野は「ん」と無愛想に頷き、試し書き用のテーブルセットに腰を下ろした。木製の椅子の背もたれに嫌みなほど広い背中を預け、首を左右に振る。ボキボキッと豪快な音がして智秋はちょっと笑った。そうは見えないけれど、大分疲れているのだろう。

檜野の診療所は、木嶋文具店のある商店街からバスで五つほど北に向かったところにある。新興住宅地や古い団地に囲まれたその一画には他に病院がなく、いつも廊下まで患者が溢《あふ》れているのだと聞いた。事情によっては時間外でも対応してくれると評判で、この商店街からバスで診療所へ通っている者も少なくないらしい。

チャリなら十分かからないと、檜野はいつも昼休みに愛用の自転車を転がしてやってくる。直前まで診療をしていたのだろう、テーブル越しにほのかに消毒液の匂《にお》いがした。

万年筆は、調整するまでもなく書けるようになった。単にペン先が乾いていたのだ。

「お待たせしました。これでどうでしょう」

「お、どれどれ――おう、書ける書ける」

「キャップをつけ忘れたままにすると、ペン先のインクが乾いて固まってしまうんです」

智秋の言葉に、檜野は「それでか」とばつが悪そうに頭をかいた。金曜の夜にキャップを閉め忘れ、月曜の朝に気づいたら書けなくなっていたらしい。

大切にするあまり、蒐集したペンを使用しない愛好家もいる。しかし万年筆は文字を綴る道具なのだから、失敗しながらでも日々使ってこそその素晴らしさを実感できると智秋は思っている。ペンを持つ檜野の手には、最初の頃ほど無駄な力が入っていない。ペンが手に馴染んできたのだろう。裸でポケットに入れられるペンには同情を禁じ得ないが、ずっとケースにしまわれたままよりは幸せかもしれない。

「助かった。ありがとう。お代は？」

「結構ですよ。それより檜野さん、インクはどこのをお使いですか？」

檜野がぎゅっとキャップを捻《ひね》るのを見ながら、智秋は気になっていたことを口にした。

「インク？」

なぜそんなことを聞くのかという顔で、檜野はとある海外メーカーの名を口にした。

「やっぱりそうですか」

「メーカーに何か問題があるのか」

「メーカーではなく、インクの種類の問題です。檜野さん、この万年筆はカルテ用っておっしゃっていましたよね」

「ああ」

「今このペンに入っているインクですと、保存の状態にもよりますけど、数年後に書いた文字が消えてしまう可能性があります」

「なんだって？」

檜野は驚きに目を丸くした。

檜野の使用しているインクは、顔料系といわれるごく一般的なインクだ。顔料系は種類も多く扱い易《やす》いため流通量も多い。しかし反面、耐水性や耐光性に乏しい。あまり知られていないことだが日の光に長期間晒《さら》しておくと、色が褪《あ》せ、ほとんど読み取れないほどになってしまうこともある。

「つまり売っているインクのほとんどは、時間が経つと消えちまうってことか」

「まあ、極端に言えばそういうことになります。消えないまでも、かなり褪せて読み取りにくくなるとか」

「それは由々しき問題だ。消えないインクはないのか」

「あります。染料系のインクです。ブルーブラックが代表的ですね」

「ブルーブラック？」

書いた直後のブルーから、時間の経過とともに黒っぽい濃紺に変色していくブルーブラックは、古今東西最も愛されたインクのひとつだ。なかでも昔ながらの染料系ブルーブラックは、タンニン酸と硫酸第一鉄にブルーの染料を加えたもので、消えないインクとして長い間世界中で公文書に使用されてきた。

しかしその性質上、インクを入れたまま長期間放置するとインク詰まりを起こしやすく、手入れが難しいため使用を避ける人も少なくない。檜野が最初に持ち込んだモンブラン社製の万年筆が、まさにその状態だった。

「ただ、手入れが大変なんで敬遠される方も多いです。特にスケルトンに入れる人はあまり見たことがありませんね。せっかくの透明なボディに、インクがこびりつきますから」

話しながら智秋は、見本のブルーブラックインクの蓋を開け、檜野の前に差し出した。

「これがブルーブラック？」

「はい。ツバキ万年筆のブルーブラックです」

檜野はインクに鼻を近づけ、なるほどと頷いた。

「タンニン酸に硫酸第一鉄。だから血みたいな匂いがするんだな」

「それがダメで、ブルーブラックを嫌う方もいらっしゃいます。檜野さんの場合は問題なさそうですけどね」

血の匂いがダメな医師も稀《まれ》にはいるだろうが、檜野に限ってはそんなこともなさそうだ。美しいスケルトンのボディも檜野にとっては観賞の対象ではなく、単にインクの残量を確認するためのものなのだろう。

「無論ノープロブレムだ。カルテが消えちゃ困るし、今後インクはブルーブラックにしよう。これと同じのをくれ」

「ありがとうございます。万年筆を一度洗って、完全に乾いてから入れ替えてください。それからキャップの閉め忘れにも気をつけてくださいね」

檜野は叱《しか》られた子供のように「はいはい、わかりましたよ」とちょっと口を尖《とが》らせた。

インク瓶を包み、手渡す。

いつものように礼を告げ、いつものように客人を店先まで送った。

「あのさ、今度ふたりで飲みに……」

いつものように誘う檜野に、いつものように首を振った。なんだかもう笑えてきた。

あなたとふたりで何を話すんですか。あの夜のことはもう忘れたいんです。

本音を胸にとどめ、すみませんと頭を下げた。檜野は肩を竦《すく》め、初めてここに来た日と同じ薄い笑みで愛車にまたがり、商店街の狭い車道を駆け抜けていった。ペダルを漕《こ》ぎながら腕時計を確認している。今日もまた忙しいのだろう。檜野先生は昼ご飯を食べる暇もないのよと、隣の八百屋の奥さんが話していたことを思い出した。

こんなところに来る時間があるなら、ちゃんと昼食をとればいいのに。万年筆でお腹《なか》はいっぱいにならない。ひとりになった軒下で、智秋は深いため息をついた。

なぜ何度も会いにくるんですか？

尋ねてみたい気持ちがないわけじゃないけれど、すべて忘れてしまいたい気持ちが一歩踏み出そうとする足にブレーキをかける。檜野が現れなければ、あれは一時の感傷がもたらした夢だったのかもしれないと、記憶の湖深く沈めてしまうこともできたのに。

足下を、かさこそと落ち葉が行列していく。一枚拾い上げ、すっかり気弱になった秋の日差しに翳《かざ》してみる。歪《いびつ》で曖昧で脆《もろ》いそれに、器用に生きられない自分を重ねたりするあたり、まだ心は参ったままなのかもしれない。

智秋が二歳になる前に離婚をした両親は、ほどなくそれぞれに新しいパートナーを見つけ家を出て行った。物心つく前にふた親から見捨てられた智秋は、たったひとりの肉親となった父方の祖父・文郎に育てられた。

無口で無骨でお世辞にも優しそうには見えなかった文郎。しかし職人然とした厳しい態度の裏で、いつでも誰よりも智秋を愛し慈《いつく》しんでくれていた。両親のいない暮らしを寂しいと感じたことがなかったと言えば嘘になるけれど、祖父のおかげで幸せな子供時代を過ごすことができたと思っている。

学校から帰ると、一目散に店の奥にある作業場へと駆け込んだ。そこで祖父が万年筆の修理や調整をするのを、日が暮れるまで見学するのだ。黙々と淡々と作業をこなす祖父。それをただじっと見つめる智秋。退屈だと感じたことは一度もなかった。

老舗《しにせ》万年筆メーカー・ツバキ万年筆の職人だった文郎は、若くしてその才能を発揮した。万年筆メーカーにはそれぞれペンドクターと呼ばれる人たちがいて、自社製品の良さを知ってもらうため、あるいは万年筆という道具を楽しんで使ってもらうため、全国各地を回ってペンのメンテナンスを行っている。文郎はそんなペンドクターの先駆けだった。

自社の万年筆を愛してやまなかった文郎が、惜しまれながらツバキを退職し木嶋文具店を開いたのは、病弱だった祖母の傍にいるためだった。しかし残念ながらその祖母は、智秋が三歳の年に亡くなってしまう。

小さな文具店だったが、店には毎日のように全国各地から、ツバキ時代の文郎を知る万年筆愛好家が訪れた。調整された万年筆を手に、嬉《うれ》しそうに帰って行く客たちの後ろ姿を、作業場の窓からこっそり覗くのが智秋は好きだった。いつか自分も祖父のように一流の万年筆職人になるのだと幼い心に決め、高校卒業後、迷うことなくツバキ万年筆に就職した。

三年前、祖父が亡くなり智秋は木嶋文具店を継いだ。技術も経験も祖父の足下にはまだ遠く及ばないけれど、それでも持ち込まれる万年筆の一本一本に誠心誠意、持てる技術のすべてを注いだ。智秋の代になり、文郎を慕っていた客の半分は離れてしまったが、この頃になってひとりふたりと、また木嶋文具店を訪ねてくれるようになった。文郎さんの店、お孫さんが継いでいるらしいよ。文郎さんの手元を見て育ったらしくて腕もなかなかだよ。そんな噂《うわさ》が広がっていると聞かされた日は、胸の奥がむずむずするほど嬉しかった。

いつかまたあの看板を掲げたい。早くここは『ペンドクターのいる店』なのだと、堂々と胸を張れるようになりたい。それが今の智秋の切なる願望だ。

「ちぃ坊、表の掃除でもしてたのかい」

背中から声をかけられ、智秋はハッと振り返る。

「なんだ徳《とく》さんですか。びっくりした」

菅井徳治郎《すがいとくじろう》は同じ商店街に住む、木嶋文具店のお得意様だ。亡き文郎の親友だったこともあり、近所では知る人ぞ知る万年筆の愛好家でもある。数年前まで金物屋を営んでいたが今は店をたたみ、気ままなひとり暮らしをしている。千鳥格子のテーラードジャケットを颯爽《さっそう》と羽織り、焦げ茶色の中折れ帽を斜めにかぶったダンディな姿は、背筋がピンと伸びて御年《おんとし》八十二歳にはとても見えない。

「なんだたぁご挨拶《あいさつ》だな、二代目」

「二代目って呼ばないでくださいって、何回お願いすればわかってもらえるんですか」

「そうやって逃げてばっかりいるから、いつまでも二代目の自覚がでねえんだぞ、ちぃ坊」

二十五歳の男にちぃ坊はないだろうと思うが、それ以上に二代目と呼ばれることには抵抗がある。再三やめて欲しいと懇願しているにもかかわらず、この客人はまるでお構いなしだ。

「商売人に大事なのはなちぃ坊、自覚だ自覚。俺がこの店背負ってんだぞーって自覚だ。自分から『おれが二代目です』と言って回るくらいの図々《ずうずう》しさがねえと、世間から舐《な》められちまうだろーが、ったく……ふ、ふぇっくしょいっ！」

「あれ、徳さん風邪ですか」

「よせやい、こんなもの風邪なもんか。俺はな、十《とお》の年から毎朝庭で乾布摩擦してんだ。ちぃ坊とは鍛え方が……ふえっ、ひょいっ！」

ダンディな風貌《ふうぼう》とは裏腹に、ひとたび口を開けば下町の爺《じい》ちゃんだ。智秋は苦笑しながら徳治郎を店内へと促した。

「その看板、いつになったら外に掲げるんだい」

店に来るたび徳治郎は、片隅にひっそりと置かれた古い看板に目をやる。

「一人前になったら出しますよ」

「まぁたそれかい。俺にゃちぃ坊はもう一人前に見えるんだがな」

「それは欲目というやつですね」

「あーあー可哀《かわい》そうに、埃《ほこり》かぶっちまって。あの世で文《ぶん》さんが泣いてらあ」

「智秋にはまだ早いって言ってますよ」

毎度毎度、飽くことなく同じ会話が続く。話題を変えるタイミングが大事なのだと、智秋は知っている。

「ところで徳さん、今日は何を？」

「いけねえ忘れるところだった。なあに孫がな、末の孫なんだが来年高校に上がるんだ」

「それはおめでとうございます。進学祝いですね」

「まだ合格してないのよって娘は呆れてたがよ、祝い事は早いにこしたこたあねえ。なあに公立だの私立だの、何校も受けんだからよ、どっかひとつくらい受からあ」

皺《しわ》の刻まれた目尻を下げて祝いの一本を選ぶ横顔に、智秋は亡き祖父の姿を重ねずにはいられなかった。

「徳さん、コーヒーでいいですか」

用が済むと、智秋の淹《い》れたコーヒーを飲みながらしばし万年筆談義をするのが徳治郎の常だ。別の客がやってくると、店主の智秋そっちのけでプロ顔負けのアドバイスを始めるのも昨日今日に始まったことではない。

文郎が亡くなり、目に見えて客足が遠のいてしまった時期にも、徳治郎は毎日のように店にやってきた。そして文郎が生きていた頃と何ひとつ変わらぬ態度で、テーブルを陣取り自慢のペンを語った。

『こいつはねお客さん、文さんの孫なんだよ。洟垂《はなた》れ小僧の頃から文さんの手元見て育ったもんだから、オンナゴコロには疎いが万年筆の心はよーくわかってる。まだ若《わ》けーしこんな頼りねえ顔してるけどさ、腕は確かだよ。俺が保証する』

訪れた客をつかまえては、そんなふうに話しかけてくれた。店を継ごうと決めたものの不安と心細さでいっぱいだったあの頃、徳治郎の存在にどれほど勇気づけられたかわからない。

「今日はコーヒーじゃなくほうじ茶にしてくれ。どうも昨日から喉がいがらっぽくてな」

「やっぱり風邪なんじゃ」

「いいからごっちゃごちゃ言ってねえで、ほうじ茶！」

「はいはいはい。ちょっと待ってください」

苦笑しつつほうじ茶を出すと、徳治郎は熱いと文句を言いつつ美味《うま》そうに啜《すす》った。煎茶《せんちゃ》はぬるめに、ほうじ茶は熱めに。丁寧に淹れるんだぞと祖父から教わった。徳治郎はこの秋発売になったツバキ万年筆の新商品を試し書きしながら、楽しそうに持論を披露する。

「悪くはねえけどさ、これはどっちかっつーと初心者向きだな」

「ええ。書き慣れた人には、このペン先は少し物足りないんじゃないかと思うんですよね」

「まったくだ」

「それでも最近のものにしては、ずいぶん軟らかめなんじゃないでしょうか。この価格で二ブが十四金なのも良心的ですよね」

年齢や男女を問わず万人の手に馴染むペンを作るのは難しい。初心者から愛好家まで、みなに受け入れられる商品など正直存在しえない。そうと知っていてもメーカーは、一本でも多く売れる商品を開発しなければならない。開発の現場で五年間働いた智秋には、職人たちの苦労はよくわかっていた。

「まあ、ツバキの商品だからよ、いずれそれなりには仕上がっているさ。なんつったってあの文郎の後輩たちが作ってるんだから。手ぇ抜こうもんなら、天国の文さんが戻ってきてカミナリ落とさぁ」

「あはは」

「んでもよ、ちぃ坊。俺はこの年にして思うが、万年筆ってのはつまり、女だな」

「女?」

ほうじ茶のお代わりを用意しながら、智秋は小首を傾げた。

「そう。男にとっての女。相棒だ。今時で言えばよ、パートナーとかいうやつだ」

「パートナーですか」

「ひとりの女じゃ満足できねえって気持ちも、まあ正直あるけどよ、男なんてのは最後はやっぱりひとりの女のとこに戻ってきちまう。俺にとってのそれは、こいつさ」

徳治郎は胸のポケットから、一本の万年筆を取り出した。ごくシンプルな黒のボディに金のクリップ。軸の中程には同じ金色で「T・S」のイニシャルが刻印されている。木嶋文具店が開店して間もない頃、文郎に選んでもらったツバキ製のものだという。書き癖、筆圧、角度、すべて徳治郎の好みに合わせて調整されたそのペンは、世界に一本しかない。

「使い道に合わせて他に何本も持っているけどよ、なんやかんやと取り出すのは結局こいつなのさ」

万年筆を使う人の多くが徳治郎と同じことを言う。智秋自身、仕事柄用途に合わせて何本か所有しているが、つい手にしてしまうのはいつも同じ一本だ。

「今だから言うけどな、ちぃ坊、最初からこんなに使い勝手が良かったわけじゃないんだぜ。作ってもらった当初はよ、なんてまあ書きにくいペンだと思ったもんさ。インクを入れようとすりゃ手が汚れる。ちょっと放っておこうもんならたちまち書けなくなっちまう。ちょっとばかり文さんを恨んだりもした」

「そうだったんですか」

「こちとら長年ボールペンだの鉛筆だので慣れちまってて、万年筆なんてものを使うのが初めてだったせいだろうけど」

それが今では万年筆のない生活など考えられないという。文房具も筆記具もこの世の中には星の数ほどあるけれど、これほどまでに多くの人の心をとらえてやまないペンは、万年筆のほかにはないだろう。

「すり合わさっていくんだろうと、俺は思うんだ」

徳治郎は、金色のイニシャルを愛《いと》おしそうに指先でなぞりながら言った。

「すり合わさる……ですか」

「ああ。ペンと人がよ、だんだんこう近づいていくんだな。最初はよ、お前の書き味になんか馴染むもんか、俺の手に合うペンになりやがれと、まあこっちもそういう態度で書くわけだ。けんか腰だ」

「ええ」

「しかし何度か調整しているうちに、お、そう悪くねえんじゃねえか、なーんて思えてくる。すこーし角度を変えてやるだけで、ぬらぬらといい具合にインクが出るじゃねえか。そうなるともう手放せねえ。今じゃもうこいつは、俺の手の一部分みてえに感じる。お互いにちょっとずつ譲り合って寄り添い合って、つれあいになるんだ」

「まるで夫婦みたいですね」

智秋が微笑むと、徳治郎は「まさにそうよ」と頷いた。

「人と人も、人とペンも、要は同じこった。出会いを大事にするかどうかだ。俺はよ、ちぃ坊、こいつで初めて文字を綴《つづ》った日、正直返品に行こうかと思った。返品がきかねえならお蔵入りだ！　とな」

「でも、そうはしなかったんですよね」

「出会いだと思ったからさ。万年筆なんて性に合わねえと、一生ボールペンでも生きてはいかれるけど、せっかく縁あって俺のところに来たんだ。もうちっとだけ付き合ってみるかと思ったのさ。手入れの仕方は文さんに教わった。キャップをちゃんと嵌《は》めねえとペン先が乾いちまうことも教えられた。ちゃんとするようになったらインク詰まりはなくなった」

頷きながら、なんだかとても温かい気持ちになる。このところずっと、それこそインクが切れた万年筆のようにカサカサとささくれだった気分だったが、徳治郎の講釈を聞いているうちに、心の奥の方が少しだけ潤っていく気がした。

「ちぃ坊」

「はい」

「お前さん、ここんとこちーっとばかり元気がねえな」

「……え」

「俺の目をごまかそうなんて、百万年早《は》えーんだよ」

ちぃ坊の分際で、と徳治郎は腕組みをする。思いがけない鋭い指摘に智秋は内心動揺した。

「そんなこと」

「嘘つくんじゃねえ。何があったか知らねえが、お前さんは小《ち》っちぇー時分から物事を難しく考えすぎるきらいがある。なんでだろう、どうしてだろう、どうしてこうなっちまうんだろう、何が悪かったんだろう、とな」

「……はは」

笑う声に力がないのは、まったくもってその通りだからだ。

「男ならたまには恥覚悟で、えいやっ！　と飛び出してみる勇気も必要じゃねえのか。金玉ついてんだろ？　ん？」

「……まあ」

「世の中にゃ、じーっと待ってたって埒《らち》のあかねえこともあるんだ。まだ若けえんだから、ペンと同じくらい人との出会いを大事にしろよ。出会いってのはな、理屈じゃねえんだぞ、ちぃ坊」

返す言葉がなくなってうな垂れる智秋の頭に、皺だらけの手のひらがポンと置かれた。あったかくて優しくて、人生の重みを感じさせる、大好きな手だ。

「さて、と」

そろそろ帰ると立ち上がった途端、徳治郎がゴホンと咳《せ》き込んだ。

「徳さん、やっぱり風邪じゃないですか。病院に行った方がいいですよ」

「バカ言ってんじゃねえ。医者なんざな、死ぬときに診《み》てもらやあ十分さ」

「またそんなこと」

「ちょいとお茶が渋すぎたんだよ」

徳治郎の医者嫌いは有名だ。五年ほど前まで同居していた息子夫婦は、金物屋をたたむと同時に市内の別の町に家を建て、商店街を出て行った。夫妻は当然徳治郎も一緒にと思っていたようだが、当人は生まれ育ったこの町を離れることを頑として拒んだ。

「弘子《ひろこ》さんに心配かけちゃダメですよ。風邪こじらせたりしたら今度こそ同居……」

「あーあー、うるせえなあ。そうやってごちゃごちゃ言われんのが嫌だから、ひとり暮らししてんだよ、俺は」

息子の嫁の弘子は八十を過ぎてひとり暮らしをする義父を案じ、商店街を訪れるたび智秋に『お爺ちゃんのこと、よろしくね』と頭を下げる。

「だけど咳《せき》が。熱が出たりする前に、ちゃんと病院に行ってくださいよ」

「ちぃ坊に心配されるようになっちゃ、俺も仕舞いだ」

憎まれ口を残し、徳治郎は帰っていった。

「出会いって言っても、ねえ……」

恋愛に限って言えば、もう出会いなんていらないと思う。信じ、愛し、時間を共有したところで必ず別れはやってくる。裏切られたと知った時の苦しみは、積み重ねてきた思い出が多ければ多いほど深い。繋がりの深さは、そのまま傷の深さになる。

ふとテーブルの下に視線をやった智秋は、そこに見慣れぬハンカチが落ちていることに気づいた。客の誰かが落としていったのだろう。徳治郎かと思って拾い上げたが、すぐに違うと気づいた。ふわりと漂う消毒液の匂い。

——あの人だ。

智秋は舌打ちし、盛大なため息をついた。

わざとに決まっている。何度誘っても断り続ける智秋を、ハンカチで釣ろうというのだ。

「何時代だよ、ハンカチ落とすとか。ていうか、どんな乙女だ」

檜野は百八十センチを軽く超えている。年は三十代半ばといったところか。おっさんに分類するのはちょっと可哀そうだけれど、爽《さわ》やかな若者などでないことは確かだ。その檜野がいったいどんな顔でテーブルの下にハンカチを落としていったのか。想像がつかなかった。

「どうしようかな」

届けるか。それとも無視するか。

秋の午後、誰もいない店内で智秋はしばし思案に暮れた。


金曜の居酒屋は、それなりに繁盛していた。

「えーっと、刺身盛り合わせと串焼き盛り合わせ、それとこの特盛りシーザーサラダってやつと、揚げ出し豆腐。あ、あと天ぷら盛り合わせも」

「串焼き盛り合わせは、十二本と十六本がございますが」

「十六本で。いや待った。十六本じゃ足りないから、十二本のを二皿にしよう」

「かしこまりました」

「ちょ、ちょょっと檜野さん、おれそんなには……」

「俺が食うんだ。お前も好きなもの頼め」

ほれ、とメニューを押しつけられ智秋は目玉を丸くする。傍らに立つ若い店員も同じように目を丸くしていたから、智秋の常識は間違っていないのだろう。盛り合わせというのは普通ひと皿を三人とか四人で食べるものだ。ひとりでいくつも注文するものじゃない。

珍獣を見たような顔のまま店員が去っていくと、檜野はたった今乾杯したビールジョッキを呷った。

「くはぁ〜っ！　俺はこの一杯のために日々生きていると言っても過言ではない」

「お疲れさまでした」

「まさに命の水だな」

命の水が、黄色い炭酸だとは知らなかった。

消毒臭いハンカチを拾った数時間後、智秋は持ち主と居酒屋でテーブルを挟んでいた。生真面目だ几帳面《きちょうめん》だと友達は言うが、結局のところチキンなのだ。誰のものかわかっている落とし物を、見なかったことにできるほど神経が図太くない。たとえそれが九十九パーセント故意に落とされたものだとしても。

チキンなりに面倒なことはさっさと片付けてしまおうと、来客名簿を頼りに隣町の診療所を訪ねた。診療時間は終わっていたがまだ明かりがあった。受付にでも置いて帰ろうと思ったのだが、運悪くいきなり本人と出くわした。

首根っこを摑《つか》まれるようにこの居酒屋に連れてこられる道々、腹は減っているかと聞かれたのでそれほど減っていないと答えた。けれど檜野は、俺は減っているから居酒屋に行くと勝手に宣言をした。ならばこっちの腹具合など尋ねなければいいのにと思ったことは内緒だ。

なんやかんやと言い訳をして誘いを断ることもできた。今までだってそうしてきたし、檜野の方も決して強引なことはしなかった。今日に限って誘いを受けたのは、徳治郎の言葉が脳みその裏側にへばりついていたからかもしれない。

『出会いってのはな、理屈じゃねえんだぞ、ちぃ坊』

もしも徳治郎の言う理屈というのが、数学みたいに理路整然としたものだとするなら、檜野との出会いほど理屈で割り切れないものはない。あの夜檜野はなぜ自分を拾ったのか。なぜまた会いにきたのか、なぜ自分は逃げることもせずあろうことかこうしてテーブルを挟んでいるのか。ジョッキで乾杯までして。

次々と運ばれてくる大皿から料理を取り、檜野はぽいぽいと口に放り込む。麻婆豆腐は飲み物だと言ったタレントがいたが、檜野にかかると刺身も天ぷらも串揚げも、まるで飲み物のように吸い込まれていく。麻婆豆腐なら鼻からいけるかもしれない。

ぱくぱくもぐもぐ、ぱくぱくもぐもぐ――呆れるのを通り越していっそ爽快だ。そしてその豪快な食べっぷりに、半年間一度も鳴かなかった智秋の腹の虫が、くぅっと小さく音をたてた。

「食えよ。なくなるぞ」

「……はい」

化け物じみた食欲にあてられ、智秋は箸《はし》を取った。テーブルいっぱいに並べられた大量の料理も、檜野なら本当にひとりで平らげてしまうかもしれない。

「いただきます」

いつもの習慣で両手を合わせて小さく頭を下げ、取り分けた刺身を口に入れた。

「美味《おい》しい……かも」

「かもじゃねえ。ここの刺身は本当に新鮮で美味いんだ。居酒屋をなめちゃいかん」

「ここにはよく？」

「時々。晩飯が遅くなると、近所の定食屋は閉まっちまうからな」

串揚げも天ぷらも、思った以上に美味しかった。揚げたての衣をサクリと嚙《か》み砕く感触が嬉しくて、エビとかぼちゃ、続けてふたつ食べた。天ぷらなんていつ食べたきりだろう。というかこのところ自分は毎日何を食べていたのか。記憶がない。

「かぼちゃ、甘くてすごく美味しいです」

「他に何が好きなんだ」

「特に好き嫌いはありませんけど、そうですね、強《し》いて言えばキノコ、とか」

「キノコ？　そりゃまた地味な」

「祖父がたまにマイタケの天ぷら揚げてくれて、それがすごく美味しくて楽しみでした」

若い頃から仕事人間だった文郎は、それほど料理が得意ではなかった。それでも智秋を育てるために、忙しい中毎日それなりの食卓を整えてくれた。彩りも何もない地味なメニューばかりだったが、智秋は文郎の作る料理が好きだった。

「檜野さんは何が？」

「俺も好き嫌いはねえけど、ブルーチーズは大好物だな。一度でいいからどんぶりに山盛り食ってみたい」

「ブルーチーズ……」

智秋は思わず顔を顰《しか》めた。

「ははん、その顔を見るとまだまだ舌がおこちゃまだな。ブルーチーズは大人の楽しみだからな。嵌まると他のチーズじゃ物足りなくなる」

「一生おこちゃまで結構です」

「あとはピータンも大好物だ」

智秋は顰めた顔をいっそう歪《ゆが》めた。

「それから豆腐ようという沖縄の郷土料理があって」

「もういいです」

聞いた自分がバカだった。キャラの濃い男は食の好みも濃いのだと思い知らされた。

「ところで木嶋智秋くん」

「なんでいちいちフルネームなんですか」

初めて店に来た日も、檜野は智秋をフルネームで呼んだ。銀行か病院の呼び出しみたいじゃないかと思い、そういえば檜野は医師だったと思い出す。

「名字で呼ぼうか名前で呼ぼうか迷っている」

「お好きな方でどうぞ」

「じゃあ智秋」

呼び捨てかよと内心思ったが頑張って顔には出さなかった。しかし次のひと言で智秋の頑張りは呆気《あっけ》なく終了した。

「失恋の傷は癒《い》えたか」

「…………」

コトリと箸を置いた。

やっぱり断ればよかったと、今夜の気まぐれを激しく後悔した。

「その様子じゃ、まだガラスのハートはブレイクしたまんまか」

「…………」

「どんな男か知らねえが、そんなに未練が残るほどいい男だったのか、そのヨシモトってののは」

「なんのことでしょう」

「なんのことだと？　お前を泥酔させて、夜の路上で寝っ転がらせて、たまたま通りがかって『大丈夫か』と声をかけた親切な男のシャツとジーンズにゲロ吐きかけさせてだな、挙げ句ホテルに連れてってくださいお願いしますと抱きつかせて、ヤるだけヤッたらひとりでぐーすか眠って翌朝思いっきりバックレさせる原因となった、お前の元カレのヨシモトのことだ。どうだ思い出したか」

「ヨシモトじゃなくて芳朝です」

「食いつくのはそこか」

「おっ、おれはホテルに連れて行ってくれなんて頼んだ覚えはありません！　気がついたらベッドにいて……」

「ちゃんと覚えてんじゃねえか」

「あ」

「あ、じゃねえ。ったく」

豪快に呷って早くも空になったジョッキをドンと置き、檜野はハッと短いため息をつく。

「お姉さ〜ん、大ジョッキもうひとつ！」

ランプの精にひとつだけ願いを叶《かな》えてあげると言われたら、あの夜の記憶を消去するか、でなきゃあの男を消して欲しいと思っていたのに。よりによってその男に恥ずかしい過去を一から十まで並べ立てられ、智秋は耳まで赤くなった。

「連れていけと頼んだんだよ。そっちは記憶飛んでるかもしれねえけどさ」

路上で誰かに抱き起こされたところから、記憶はホテルまで飛んでいる。覚えていないのだから真実はわからないが、その後ホテルで致してしまったあれこれを考えれば、自分から頼んだのかどうかなど取るに足らない問題かもしれない。

「その節は大変失礼いたしました」

「本当に失礼なやつだ。拾ったのが俺だったからいいようなものの、悪いおじさんにでも連れて行かれたらどうするつもりだったんだ」

行きずりにセックスをしたのだから、檜野でも悪いおじさんでも結果は同じことだ。どうせなら悪いおじさんにその場限りの痴態を強要され、財布でもふんだくられた方がマシだったかもしれない。こうして半年もしつこく付きまとわれるよりずっと。

「申し訳ありませんでした。せめてクリーニング代を」

「今さら？」

うな垂れる智秋と新しいジョッキを呷る檜野。

なんともいえない微妙な空気がテーブルを覆った。

「……ですよね」

結構な音量でＢＧＭが流れる。この頃時折耳にする曲。昔流行《はや》ったポップスだと誰かが言っていた。

あなたは私を振り向いてくれないけれどいつまでも待っている、あなたが誰かに振られるまでずっと待っている——みたいな歌詞で、智秋はますますいたたまれなくなる。

「俺はこの歌が大嫌いだ」

檜野が突然、鼻の頭に皺を寄せる。

「私はあなたが他の女に振られるまで待っています。なんじゃそら。およそ地球の恋愛とは思えん。理解不能だ」

「重い、ですよね、やっぱりそういうの」

あの夜、酔った勢いでどこまで話したのかはっきりは覚えていない。けれど泥酔して路上に転がっていた原因が失恋だということを檜野は知っているのだろう。だからそんなことを言うのだ。

あれから半年経った今も、智秋はまだ立ち直れずにいる。いつか芳朝が帰ってきてくれるような気がして、明け方、白々と明けていく東の窓辺に佇《たたず》んでみたり。

「そうじゃねえ。重いのはいいんだ。人を好きになる気持ちってのは往々にして重いもんだからな。そうじゃなく俺が『は？』っと思うのはこの歌の主人公が、他の女に振られたら、次は絶対に自分を振り向いてくれると思いくさってやがるところだ」

「……はあ」

「その自信満々な考えはいったいどこから来るんだ？　それがわかんねえ。まったくわかんねえ。お前にはわかるか？」

「……さあ」

わかるもわからないも、そう何度も聞いたことのある歌ではない。

「好きな男を諦めきれない気持ちはわかる。けど仮に〝あなた〟がいつか誰かに振られてもだ、そう都合よくこっちを振り向いてなんかくれないと俺は思うぜ。〝あなた〟の選択肢はその子か自分か、二者択一だと思っていること自体、俺に言わせりゃ完全な視野狭窄《きょうさく》だ。恋愛はパズルじゃねえんだから、そっちがダメならこっちでどうでしょうなんて、そう簡単にいくかよってんだ」

確かに檜野の言うことは正しいのかもしれない。けど可能性は一パーセントもないとわかっていても、待ってしまう人間だって世の中にはいる。前を向かなくちゃと思っても、どんなに頑張っても、前なんか向けない時だってあるのだ。

「檜野さんは強いんですね」

「そうでもない。が、お前よりは少し強いかもしれない」

「おれは……」

「強くなんかなれません、とか言うんじゃねえぞ」

俯いたまま、檜野を軽く睨《にら》み上げた。こんな説教するために、檜野は半年も店に通いつめたのだろうか。わざわざ使い慣れない万年筆、それも何万円もする高級万年筆を買ってまで。

「どうしてあの日、おれを抱いたんですか」

「ん？」

串揚げに齧《かぶ》りついていた檜野の手が一瞬だけ止まった。一瞬止めて、またあんぐりと口を開けて串に齧りついたのを見て、智秋の頭で何かがプチンと切れた。

「頼まれたって普通、見ず知らずの男なんか抱かないでしょ。どうせ酔って道ばたに転がっていたから同情したんでしょうけど。それともあれですか、医師として放っておけなかったとかですか？　おれって、檜野さんの好みのタイプでしたか？　そもそも檜野さんはゲイなんですか？　あれから何回も店に来る理由はなんですか？　それから……」

もっともっと、山のように聞きたかったことがあったはずだが思い出せない。

「頼むから質問はひとつずつにしてくれ。俺に関心を持ってくれるのは大歓迎だけど」

「別にあなたに関心があるわけじゃありません」

「あっそ。じゃあ答えない。なにひとつ答えてやらねーよ」

べーっと舌を出してみせる町医者に、智秋は心底呆れた。子供なのか。

「そんなに睨むな。目が疲れるぞ」

「…………」

「いいから食え。どうせ毎日テキトーなもんしか食ってねえんだろ。顔色悪いぞ」

「…………」

「その串、二本食ったら答えてやるから」

本当だな、と智秋は串揚げ二本を続けざまに頬張《ほおば》った。口いっぱいの肉や野菜をもぐもぐしながらこれでいいだろと檜野を見ると、どこか困ったような、だけど笑い出しそうなちょっと複雑な顔をしていた。

「子供か、お前は」

あなたにだけは言われたくないです、という台詞はとりあえず肉と一緒に呑《の》み込む。

「そうだなあ。まず医者として放っておけなかったというのは、まああったかな。頭の横を自転車がびゅんびゅん通ってたんだぞ。轢《ひ》かれたりしたら大けがだ。それから俺はゲイ……というかバイだな、正確には。女も男も抱ける」

「節操がないんですね」

「心が広いと言え」

「広いのは心じゃなくて守備範囲かと。けどそのおかげでおれは路上から救出された」

「そういうことだ」

「ありがたいことで」

「あのなあ、どうしてお前はそう突っかかるんだ」

「あなたにお前よばわりされる覚えはありません！」

キッと睨みつけ、智秋はジョッキを呷った。誰かとこんなふうに言い合いをするのは久しぶりのことで、やたらと喉が渇いた。

「まったく、少しは大人になったかと思ったら、ちっとも変わんねえじゃねえか」

「はぁ？」

「はぁ、じゃねえ。お前のことだ」

「大人にって……」

それはまるで、智秋の子供時代を知っているような口ぶりだった。

「弱虫泣き虫の木嶋智秋くんのくせに」

「弱虫？」

「やっぱ覚えてねえんだろーな。あの晩も『お初にお目にかかります』って顔だったから、すっかり忘れてんだろうとは思ったけど。まあ仕方ないか、十年も前のことだからな」

——十年前？

十年前、智秋は十五歳だ。中学生か、高校生か。そんな遠い昔に、今目の前にいるこの男とすでに出会っていたというのだろうか。智秋は檜野の顔をまじまじと見つめた。

どんなに考えても思い浮かばなかった。檜野はおそらく自分より十歳くらいは年上だろう。とすると当時は二十代の半ばか後半か。そんな年頃の知り合いは、学校の先生以外には思い当たらない。

「そんなに見つめるな。照れんだろ」

「あの、檜野さん、つかぬことをお伺いしますが」

「十年前、俺が何してたかって？」

「そうです」

「俺は研修医だった。そこの角を曲がった先にある大学病院の」

「そこの先の、大学……」

あっ、と叫んで智秋は椅子の背もたれにへばりついた。

檜野の指さす方向。その大通りの角を曲がったところにある大学病院。

「まっ、まっ、まさか」

「大学病院に思い当たることがあったかな、木嶋智秋くん」

思い当たり過ぎて思考が停止した。

「昔っから逃げ出すのは得意だもんな。つーかお前、俺の名前くらい覚えてなかったのかよ」

「なん、でっ、あの時の、せんせ、が」

どうりで教えてもいない智秋のフルネームを知っていたわけだ。ということはあの夜、道路で寝ていた自分を拾ったのも偶然などではなかったということか。

「言っておくが、道に転がっているお前を発見したのは偶然だぞ」

「う、嘘だっ」

「嘘じゃねえよ。どこかで見たことのある顔だと思ったが、さすがにすぐには気づかなかった。けど胸ポケットの万年筆を見てピンときた。今時万年筆胸に挿《さ》してる若者は珍しいからな。間違いない、こいつはあの時のほうけ——うわっ！」

慌てて立ち上がろうとして、ジョッキをひっくり返した。檜野が慌てておしぼりで服やテーブルを拭く間に、智秋は脱兎《だっと》のごとく逃げ出した。

ちょっと待てとかなんとか、背中から檜野の声が聞こえたけれど待つつもりなど毛頭ない。全力で店を飛び出し、全力で通りを駆け、どうにか家に辿《たど》り着き玄関に倒れ込んだ時には精も根も気力も体力も、すべてきれいさっぱり尽き果てていた。

特にコレクションしているわけでもないのに、なぜだろう年々消してしまいたい記憶ばかりが増えていく。幼稚園の遠足でおしっこを漏らしてみんなに笑われたことや、運動会の徒競走で靴が脱げてしまったことはさすがに遠い日の思い出になっているけれど、それでも完全に忘れ去ったわけじゃない。

とりたてて粗忽《そこつ》でもないし、どちらかといえば慎重で生真面目なくらいだと思う。それなのに時折、仕掛けられた落とし穴に落ちるみたいにとんでもなく恥ずかしい目に遭う。そして強烈に恥ずかしかった記憶というのは、風呂の片隅にはびこる黒カビのごとくなかなか消えないのだということを、智秋はこの頃ようやく悟った。

ランプの精にお願いしたいところの〝消したい記憶ナンバーワン〟は半年前、檜野と寝てしまったあの夜だ。しかしそれまでナンバーワンの座には、長年に亘《わた》って別の記憶が君臨していた。

十年前のことだ。もう十年にもなるのに忘れられない。今思い出しても顔から火が出そうだ。悶えながらわあーっと叫んでそこいら中を走り回りたくなる。

中学を卒業し、高校入学を控えた春休みのことだ。智秋は市内の大学病院で世にも恐ろしい宣告を受けた。生死に関わるような病気でもなければ、何ヶ月も入院しなければならないような重篤な症状でもなかったが、十五歳の智秋にとってその宣告は、まるで明日をも知れぬ重い病だと告げられたくらいの衝撃度があった。

前日まで本当になんの変哲もない、ドラマチックでもなんでもない普通の暮らしをしてきた智秋に突きつけられたのは、あまりにも信じがたい残酷な現実だった。

こんなことになるなんて思ってもみなかった……というのは、実は少し嘘だ。知識の乏しい頭の片隅で、ほんの一瞬過《よ》ぎる不安にその可能性を感じなかったわけじゃない。もしかしたらと思ったことも一度や二度ではなかった。でも、だからといって覚悟ができていたわけではない。疑惑が確証に変わった春を、智秋は今も悲しいくらいリアルに覚えている。

「包茎だね。仮性……いやほとんど真性かな。早いうちに、できれば春休み中に手術済ましちゃった方がいいと思うけど、どうする？」

泌尿器科の医師は、軽く笑みを浮かべながらそう言った。できれば春休みのうちに運転免許取っちゃいたいんだよねぇ、と言った友達のお兄さんと同じ口調で。

「ど、どう、するって……言われても」

十五歳の智秋は、傍らに立つ文郎を見上げた。動揺は十分すぎるほど伝わっているのだろう、文郎は智秋の肩にそっと手を載せた。

「もっと小さい時に済ませちまえばよかったんだろうが、なかなか連れてこられなくて、悪いことしたな、ちぃ坊」

無論、文郎を責めるつもりはない。

「別に……仕方ないよ」

こんな身体に生まれてしまったことを恨むしかない。憎むべきは文郎ではなく、どんなに皮を引っ張っても顔を出さないちんちんの先っぽなのだ。

「それじゃ、手術日決めちゃいましょう。いいね？」

まだ迷っている智秋に念を押すように医師が言う。その後ろにはおそらく研修医なのだろう背の高い若い医師が立っている。マスクをしているが、雰囲気から相当ハンサムなのだろうと想像できた。医者なんだから顔だけじゃなく頭だってめちゃくちゃいいはずだ。包茎の苦しみなんかとは一生無縁なのだろう。ちゃんと剝けてて、きっとすごくでっかいんだ。でもって女にもモテモテなんだ。そうに違いない。神さまはちっとも平等じゃないと智秋は思った。

誰にも言えない性指向を抱えている上に、真性包茎。そんな自分が惨めで情けなくて、智秋は歯を食いしばって泣き出しそうになるのを堪えなければならなかった。

つらつら思い出すに、智秋のソコは幼い頃から炎症を起こしやすく、たびたび痛みを伴って赤く腫《は》れ、ひどい時には化膿《かのう》して出血することもあった。風呂でよーくきれいに洗えよ、汚ねえ手で触るんじゃねえぞ、と文郎からよく注意をされ、軟膏《なんこう》を塗ると大抵数日で良くなった。だからそれほど気にとめず、きっと他のみんなも、風邪をひいたりお腹をこわしたりするように、時々ちんちんの先っぽが腫れるんだろうと思っていた。

その夏、いつも一緒に遊んでいる友人の部屋でとんでもないものを見せられた。いわゆるエロ本というやつだ。しかも誰がどこから仕入れてきたのかモザイクもぼかしもかかっていない、まんまの写真ばかりが載っている雑誌だった。あまりにグロテスクなショットに圧倒されてつい目をそらしてしまった智秋を、集まっていた友人たちがからかった。

「智秋、まさかエロ本見んの初めて？」

「初めてなんかじゃ……ないよ」

本当は初めてだった。

「赤くなってんじゃん」

「なってない」

「照れるなって。自分にだって同じモンついてんだろ？」

だよなあと爆笑する友達に智秋は一瞬、瞬《まばた》きを忘れた。

「同じ……？」

智秋はおそるおそる視線を写真に移す。

――みんなのはこれと同じなの？　この写真のと？

載っている男たちのソレは、どれも智秋のものとはまるっきり違う。色も形も大きさも何もかも、何もかも。写真のような形状が本来あるべき男性器の姿だというのなら、十五年間自分の股間《こかん》にぶら下がっているものは一体何なのだろう。智秋は眉を寄せ唸《うな》った。

「これってさ、合成写真とかじゃないよね」

一応持ち主に確認してみる。

「おい智秋！　俺がこの雑誌手に入れるのにどんだけ苦労したと思ってんだ。親にバレないようにネット注文するのに半年かかったんだぞ。それでお前、偽物だったら俺は死んでも死にきれない」

見当違いな怒りを爆発させる友達に「ごめん」と謝り、智秋はますます難しい顔になる。

合成や誇張じゃないとすると、自分のソコは一体なんなのだろう。成長不良？　病気？　まさか奇形だったりして。一気に奈落の底に落ちた智秋は、それからしばらくの間ひとり悶々《もんもん》と悩み続けることになった。

その頃からだ。朝目覚めた時に、しばしば下着が汚れていることがあった。そこら辺の知識はひととおり持っていたので驚いたり慌てたりはしなかった。どのみち洗濯は小学生の頃から智秋の仕事だったから、汚れたパンツを自分で洗い、部屋の隅にそっと干した。

ところが高校の合格発表から幾日も経たないある朝、智秋はそれまで経験したことのないような激痛で目覚めた。

「いっ……たいっ、痛っ……」

苦痛で背中を丸めながら、痛む場所を覗き込む。ぎこちない手つきでパンツを下げてみると、ソコの先端が熟《う》れた果実のように赤く爛《ただ》れて腫れ上がっていた。蹲《うずくま》って痛がる孫の姿に仰天した文郎がかかりつけの病院に連絡し、大学病院の泌尿器科を紹介される。かくして智秋は十五歳の春、降って湧《わ》いたような包茎手術に臨むことになってしまったのだった。

心の準備もろくにできないまま、予約をした手術の日はやってきた。

定刻どおり、智秋は手術台に横たわる。

包茎宣告から手術当日までの数日間は、夜もろくに眠れないほど不安だった。処方された抗生物質で炎症自体はかなり治まり、痛みはまったくなくなっていた。しかし「今は全然痛くない」という事実がかえって「もしかして手術なんかしなくてもいいんじゃないだろうか」という気持ちの逃げ場を作ってしまい、ますます手術をするのが怖くなってきたのだ。そしてその恐怖感は日ごと強まり、当日手術台に横たわるに至りついにピークに達した。

「じゃ、そろそろ始めるからね」

手術に際しての説明は受けていた。十五分から二十分程度の簡単な手術だし、痛みもほとんどないからと。それでも失敗する可能性だってゼロじゃない。普通の人は痛くなくても智秋だけは痛いと感じるかもしれない。

「気分は悪くないかな？」

「えっ、あ、はい……だっ、大丈夫……」

「それじゃあ始めるよ。楽にしていてね」

カチャカチャと、足下で看護師が手術用の器具を準備する音がする。いよいよ切られるんだ。ちんちんの先っぽを。血とか出るだろうか。ていうか出ないわけがない。

――楽になんかできるもんか。

智秋は手術台の上でむっくりと起き上がった。

「あ、ダメだよ。横になってて」

「……じゃないです」

「え？」

「大丈夫じゃないです。やっぱり僕、手術やめます。帰ります。ごめんなさい」

言うなり智秋は手術台を飛び降りた。もちろん下は何も身につけていない。恐怖の度合いを示す針が、ＭＡＸを振り切った瞬間だった。

「あ、こらっ、ちょっと待ちなさい！」

「待ちなさい、木嶋くん！　智秋くん！」

先生と看護師の声が重なる。

いつも誰からも、大人しくて賢くて物わかりがいいと言われる。学校でも近所でも、反抗なんて言葉とは無縁の優等生だと思われているみたいだった。担当の医師も「大丈夫か」と問えば当然「はい、大丈夫です」と返ってくるに違いないとタカをくくっていたのだろう、突然起き上がって逃げ出したいかにも善良そうな患者に慌てふためき、金属製の器具の載った手元のトレーをひっくり返した。ガッチャーンと派手な音が響き渡る。手術台から逃げ出す患者なんて、滅多にいるものじゃない。

自動扉をひとつふたつと通過し、三つ目の扉の前に来たところで追っ手に捕まってしまった。

「やっ……やだ、離して！」

「落ち着け」

「治ったから！　もう治ったから！」

「落ち着けって言ってるだろ」

「嫌だ離して！　離せよ！　もう痛くないんだ！」

パニックを起こしてじたばたと暴れる智秋を、手術着の男は背中から圧倒的な強さで抱き締めた。火事場の馬鹿力よろしく死にもの狂いで腕を振り払おうとするが、いかんせん相手はかなりの長身で、半袖の手術着から伸びた腕はみっしりと分厚い筋肉で覆われていた。逞《たくま》しく男らしい、大人の腕だった。

勢いだけで飛び出した下半身丸出しの智秋は、あっという間にその動きを封じられてしまった。

「離せ！　離せって言ってるだろ！　ちくしょーっ」

「いいからちょっと落ち着けっつってんだろ。話聞いてやるから」

「話なんて」

「とにかくまず、そこに座れ」

な、と背中を摩《さす》られ、がちがちだった身体の力がふっと抜けた。

「先生、十五分だけ、いいですか」

男はマスクを摘んで少し持ち上げ、開いた手術室の扉を振り返る。先生と呼ばれた担当医が頷いて手術室に入っていくのが見えた。どうやら智秋を押さえつけた男は、初診の日にいたあの研修医らしい。

「ほら、座れって」

廊下と手術室を繋ぐ細い通路の端に、緊急用なのだろうストレッチャーが並んでいる。男はそのひとつを指し、腰かけろと促した。返事もせずうな垂れて突っ立っていると、伸びてきた腕が、まだ少年の色を濃く残す智秋の細い身体をひょいと持ち上げ、ストレッチャーに座らせた。いつの間に用意したのか、裸の下半身にバスタオルをかけてくれ、

「中学生だっけ」

ストレッチャーに腰で寄りかかりながら、男は言った。

「先週……卒業しました」

「んじゃ四月から高校生か」

手術が怖くて逃げ出すなんて、高校生が聞いて呆れる。だけど怖いものは怖いのだから仕方がない。

「僕……やっぱり手術やめにして帰ります。ご迷惑おかけして、申し訳ないんですけど」

「やめにって、あのなあ」

男が苦笑する。恥ずかしくて顔を上げられないけれど、きっとものすごく呆れているんだろう。内心はかなりイライラしているに違いない。

「そんなに怖いのか」

イライラしているはずのその声は、溶けかけのチョコレートみたいに甘くて優しくて、智秋は絆《ほだ》されるようについ間抜けな本音を口にしてしまった。

「……はい。すごく怖いです」

「フルチンで脱走するくらい？」

「……ごめんなさい」

消え入りそうな声で謝ると、隣の男はクスッと小さく笑った。

「まあ、そうだよなあ、確かに怖《こ》えーよな。大事なところ切るんだから」

担当医の前では敬語だったくせに。男は完全にラフな口調に変わっていた。

「逃げたくなる気持ちも、わからなくもねえけどさ」

だったら今すぐ帰らせてくれたらいいのにと、智秋は膝《ひざ》の上で拳を強く握った。

「もう少し小さい子の場合は全身麻酔でやるんだけど、それだと入院しなくちゃいけない。お前くらいの年齢になれば暴れることもないし、部分麻酔で済ませたほうが身体への負担も断然少ない。って、説明されただろ」

初診の日、担当医から確かにそんな説明を受けた。

「仮性包茎なら切らずに済ませる手もあるが、お前の場合はどう見ても手術が必要なレベルだ。どうしてもって言うなら日にちを改めてもいいけど、いつかは必ずしなくちゃなんないぞ？　今までだって痛んだり化膿したりを繰り返して、大変だったんだろ？」

「…………」

「麻酔かけんだから、手術中に痛くなることはない。麻酔の注射だって最初にちょっとチクッとするだけ。ほんの一瞬のことだ」

「…………」

「高校生になるんだったら、今のうちに済ませてしまった方が絶対にいい。彼女なんかできたら、いろいろと困るぜ。わかるだろ？」

「…………」

「理屈じゃわかってるけど怖いもんは怖いんだよ、このバカ医者が」

「え？」

「――っと、顔に書いてある」

くしゃっと髪を撫《な》で回された。上目遣いにおずおず顔を上げると、マスクで顔を半分隠した男が、真《ま》っ直《す》ぐに智秋を見ていた。

その瞳の温かさに、ふっと緊張の糸が緩む。同時に涙腺まで緩んでしまったらしく、智秋の瞳からはたはたと大粒の涙がこぼれ落ち、固く握った拳を濡らした。

「お、おいっ、いきなり泣くなよ」

「自分でも、情けないっ……て、思うけど、だけどっ……怖くて、死んじゃいそっ、なんっ、だもん」

ヒッとひとつしゃくり上げた。その声が女の子みたいで、余計に情けなさが増した。

「じゃあ一生包茎のまんまでいるか？　逃げて帰ったら、もう診てやんねえぞ？」

「こんなっ、こんなっ、万年筆の先っぽ、みたいな、ちんこ、やだけどっ……」

店に並んだたくさんの万年筆。その先端を見るたび、智秋は思っていた。

なんで自分のだけみんなと違って先が細いんだろう。なんで万年筆みたいなんだろう。

「万年筆ぅ？」

一瞬首を傾げ、男は天井を向いて「あははは」と大声で笑った。

「面白いな、お前」

「わ、笑う、なっ……ヒック」

「悪い悪い。でも最高だ。そっか、万年筆か」

ひくひくと腹筋を震わせて笑いながら、男はその腕で智秋の肩を抱いた。まるで恋人にするみたいにぎゅーっとされて、智秋の鼓動は急に速まる。

「可愛《かわい》いなあ、智秋は」

「…………」

「まだ十五歳なんだもんな。三年前までランドセル背負ってたんだもんな」

「…………」

「だけど智秋、それでも男には、歯を食いしばってでも壁を乗り越えなきゃならない時があるんだ。わかるか？」

「……はい」

「今のお前の壁は、このちんちんだ」

男はタオルの上から智秋の股間をつんつんと軽く突《つっ》いた。

智秋は小さく頷いた。男の言いたいことはとてもよくわかる。

「万年筆の先っぽのまんま、これからずっと生きていくなんて嫌なんだろ。痛かったり血が出たり、そんな繰り返しは嫌だろ」

「……はい」

「だったら少しだけ勇気出せよ。俺がついていてやるから」

もう一度、肩を抱かれる。

俺がついいてやる。その力強い言葉が、智秋を頷かせた。

「よし、決まりだ。行くぞ」

「うわ、ちょ、ちょっと」

ふわりと身体が浮く。抱き上げられたのだと気づいた時にはもう、男は手術室に向かって歩き出していた。

なんのことはない、手術は十五分足らずで終わった。麻酔の注射が少しだけツンと痛かったけれど、騒いで暴れて逃げ出すほどの痛みではなかった。手術中は、男がずっと手を握っていてくれた。恐怖が和らいだのは、そのおかげもあったと思う。

「脱走しようとしたこと、お祖父《じい》ちゃんには言わないでおいてあげるからね」

手術の後、看護師に撫でられ、穴があったら入りたいくらいだった。

抜糸は一週間後だった。担当医が傷を確認した後、抜糸を命じられたのはなんとあの研修医だった。やっぱり大きな青いマスクをしているけれど、目元だけでとてもハンサムだと思った。

「抜糸は痛くないからな。逃げんなよ」

「に、逃げません！」

あの時は無我夢中だったから感じなかったが、こうして落ち着いた状態で他人に局部を見られると、かなり恥ずかしいものだ。

「ほら、手をどけないと抜糸できないぞ」

ぐいっと太ももを左右に開かれ、恥ずかしさが倍増する。

「また怖いとか言うなよ」

「言いませんっ……けど」

おずおずと股間を覆っていた手をずらすと、男は智秋のものをひょいとつまみ上げ、うんうんと頷いた。

「おう、いい感じだ。癒着もないし傷もきれいだ。ちゃんと立派に頭が出ている――動くなよ」

はい、と返事をし、智秋は強く目を瞑《つぶ》った。

逃げないと宣言はしたものの腹筋が震えるほど緊張していた。

「痛いか？」

「……いいえ」

時折引っ張られるような感じはするけれど、痛いというほどではない。

「もうすぐ終わりだからな」

そのひと言に、智秋の腹筋はようやく緩む。

と同時に、まさに抜糸をしているあたりに妙なむずむず感が走った。

「あっ」

「ん？　どうした」

「い、いえ、何でも」

男なら誰でも覚えのある、あの感覚だ。

——マズイ。どうしよう。

患部を押さえる男の手が、変な刺激になってしまったらしい。

思わず腰を浮かせようとすると「こら、まだだ」と叱られてしまった。目を閉じて意識をそこから逸《そ》らそうとした。中学の卒業式で挨拶をしていた校長のカツラがずれそうになったことや、昨日道ですれ違ったホストらしき男性のズボンのチャックが開いていたことなど、いろいろ考えたけれど無理だった。

まだだろうか。もうすぐって言ったのに。皮を摘《つま》んだり、軽く擦《こす》ったり、ようやく外界を知ったばかりの先端を刺激したり。一度力の抜けた腹筋に、また妙な力が入ってしまう。

「せ、先生」

声が裏返る。

「なんだ」

「あの……」

「痛いのか」

「そうじゃ、な、く、て……」

もう、少し硬くなっているかもしれない。気づかれているだろうか。いや、まだギリギリ大丈夫かもしれない。でも、手で触ってたら気づくかも。

ちょっと手で刺激されたくらいで勃起《ぼっき》したりしたら、きっと変態だと思われる。焦った智秋は叱られるのを覚悟で起き上がった。

「せ、先生、あの！」

同時に男の声がした。

「はい、終わり。お疲れ」

智秋の視界に入ったのは、男の白い背中だった。

「あ、ありがとう……ございました」

よかった、気づかれなかったと智秋はホッと胸をなで下ろした。

「立派になったからって、あんまり急にブイブイいわすんじゃねえぞ」

「ブイブイ？」

「女子にモテるんだろ、お前」

「モ、モテません、全然」

友達なら何人かいるけれど、そういう関係の子はいない。好きとか嫌いとか、そもそもそういった感情を女の子に対して持つことができない。

「嘘つけ。んな可愛い顔して、モテるに決まってる」

「可愛くなんかありません。せ、先生の目がおかしいんです」

ムキになって睨みつけると、男は口元にイタズラな笑みを浮かべ、ふんと鼻を鳴らした。

「あの、先生」

そそくさと着替えを終え、智秋は居住まいを正した。

「えっと、いろいろとご迷惑おかけしました。それから……ありがとうございました」

からかうのはやめて欲しいけど、感謝の気持ちだけはちゃんと伝えたかった。

「お、今日はまたえらく殊勝だな」

「あの時先生が追いかけて説得してくれたから、僕はちゃんと手術受けられました」

「まああの場合、俺が捕まえなくても誰かが捕まえただろ」

「でも、もし追いかけてきたのが優しい先生だったら『とりあえず日を改めようか』ってなっちゃったかもしれないし」

「優しくなくて悪かったな」

「もし学校の先生みたいなこと言う人だったら、頭が混乱してますますパニックになっちゃったかもしれません。『今のお前の壁は、このちんちんだ』って言われて、すごく納得して落ち着くことができたんです。だから……本当にありがとうございました。先生のおかげで立派なちんちんになれて、すごく嬉しかったです」

ぺこりとお辞儀をした。頭を下げながら、立派なちんちんってなんだよと自分で突っ込みを入れた。この間みたいにまた豪快に笑われるかと思ったが、頭の上からはいつまで経っても笑い声は落ちてこなかった。

代わりに降りてきたのは、男の手だった。あの日髪をくしゃくしゃと撫でてくれた大きくて温かい手のひらが、ふたたび智秋の頭を、今度はかなり乱暴にぐしゃぐしゃと掻き回した。

「か、髪の毛が」

「こっちこそありがとな」

「え？」

驚いて顔を上げると、男はなぜかひどく真面目な顔で二十センチ以上も下にある智秋をじっと見下ろしている。そしてきょとんと見上げる智秋の頭をさらにわしわし撫でた。

「医者が患者を助けるなんてのはさ、思い上がりだよな。幻想だ。俺の方が智秋に助けられた気がするよ」

「えっと僕は、特に……」

意味がわからず首を傾げる智秋に、男は「見てみな」と窓の外を指さした。

「きれいだな」

手入れの行き届いた花壇に、色とりどりのチューリップ、ムスカリ、クロッカスなどが咲き乱れている。まだ風は少し冷たいけれど、春は確実にそこまで来ているのだろう。

「この季節になると、急に世界が色づいてくるな」

「そうですね」

「今日は風が強いな。春一番かな」

「春一番なんて、もうとっくに吹きましたよ。先月だったかな」

すると男は少し驚いた顔で、「そっか、知らなかった」と笑った。

冬から春へ、そして夏へ。誰の意思がなくても季節は巡る。冬から春へと向かうこの季節が智秋は好きだった。世界が急に色づくという男の言葉はなんとなくわかる気がする。

「季節を感じることができるってのはさ、幸せなことだと思わねえか」

「……はい」

季節の移ろいを感じることができないような、なにか辛いことでもあったのだろうか。

男の横顔に、智秋はふとそんなことを思ったのだけれど……。

「じゃあな、木嶋智秋。立派になったちんちんで、思うさま青春を謳歌《おうか》するがいい」

その大きな声に、カーテンの向こうで看護師たちがクスクスと笑った。一気に頭に血が上った智秋は「失礼します！」と勢いよく診察室を飛び出した。

「頑張れよ！　少年！」

――なにが頑張れよだ！　バカ！

智秋は頬を赤らめて廊下を小走りに駆け抜けた。

そういえば男の名前を聞いていなかったな。ふとそんなことを思ったのは、入学した高校の校庭に咲くたくさんのチューリップを見た時だった。

もう二度と会うことはないと思っていたのに。

十年も経ってあんなとんでもない形で再会するなんて、思ってもみなかった。


十一月も半ばになると街路樹も色づき始め、商店街はいよいよ冬の装いだ。年の瀬まではまだ一ヶ月以上あるのに、もうクリスマスの飾りつけをしている気の早い店もある。

去年のクリスマスは、芳朝とふたり智秋の部屋で過ごした。智秋の手料理をつつきながら他愛もない話をして、三年も付き合ってるのに今さらだけどなと、前の年と同じことを言いながらそれでもちゃんと互いにプレゼントを用意した。

今年の年末はひとりぼっちなんだなと思ったら、急に一段と寒さが増した気がした。

徳治郎に頼まれていた万年筆が届いた。まだ合格の決まっていない孫への少々気の早い入学祝いの品だ。入荷の連絡を入れた時にはすぐにでも取りにくるような口ぶりだったのだが、三日経った今日になっても現れないので、智秋は家まで届けに行くことにした。祖父の代からの長い付き合いで、徳治郎の家を訪ねたことは何度かあった。

呼び鈴を鳴らすとすぐに中から人の気配がした。ところが徳治郎はなかなか出てこない。

「徳さーん、いらっしゃいますか？　おれです。智秋です」

「おう、ちぃ坊か、ちょっと待ってろ」

少し間を置いて、玄関が開いた。

「待たせたな」

現れた徳治郎は、パジャマ代わりと思《おぼ》しきジャージ姿だった。

「徳さん、寝てたんですか」

「寝てなんぞいるもんか。ちょっとごろごろして、テレビを観てたんだよ」

「でも……」

いつもダンディでおしゃれな徳治郎が、ジャージ姿で出てきたことはこれまで一度もない。

もしかすると具合が悪くて横になっていたんじゃないだろうか。先日咳き込んでいたことを思い出し、智秋の胸に不安が過《よぎ》った。

「徳さん、この間の風邪……」

「風邪なんかひいちゃいねえよ。それより万年筆……げほっ、ごほっ」

「徳さん、大丈夫ですか」

やはり具合が悪かったのだ。思わず差し伸べた手を、徳治郎は邪険に振り払った。

「たいしたこたあねえんだよ。ちょいと咳が出るくらいで」

「病院には行ったんですか？」

「病院に行くくれえなら、真冬に裸で町内走り回る方がマシだ」

「またそんなことを」

「俺の咳なんざどうだっていい。そんなことより万年筆、持ってきてくれたんだろ？」

智秋の手から孫への贈り物を受け取ると、徳治郎は眉尻を下げた。

「ちぃ坊の代になって、文さんの時より格段に良くなったことがひとつだけある」

「なんでしょう」

「ラッピングだ」

なるほど、と思わず智秋は苦笑した。腕に関しては祖父に敵《かな》うことはまだ何ひとつないが、包んであればいいんだと言わんばかりだった以前のものに比べれば、今はいくらかマシになったと思っている。

「包装紙以外は、まだまだだけどな」

いつも通り憎らしいことを言い、徳治郎はまた咳き込んだ。この間より少し苦しそうだ。

「徳さん、病院行きましょうよ。よかったらおれが一緒に……」

「余計な気遣いはいらねえ。俺はな、丈夫だけが取り柄でこの年まで生きてきたんだ。俺が死んだらよ、ちぃ坊、愛用の万年筆を棺《ひつぎ》に入れてくれ。天国でも地獄でも、あのペン以外は使う気にならねえ」

「縁起でもないこと言わないでください」

冗談を飛ばす徳治郎の声はしかし、心なしか掠れて弱々しい。いくら丈夫だとはいえ徳治郎は八十歳を超えている。このままにしていいものかどうか、智秋は悩んだ。

「ねえ、徳さん、お願いだから病院に行きましょう」

「しつけえな、ちぃ坊も」

「だって咳、この間よりひどくなってますよ。どうしても行かないって言うなら、弘子さんに連絡……」

「いらねえよ！」

怒鳴る声にはいつもの元気があって、智秋はほんの少しだけ安堵《あんど》する。

「徳さん、頼むからたまにはおれの言うこと聞いてください」

「わかったわかった。明日病院に行く。行きゃあいいんだろ」

「本当に行ってくださいよ。ひとりで大丈夫ですか」

「ちぃ坊ごときに付き添われるくらいならな、真夏に毛布にくるまって我慢大会でもした方がマシだってーの」

憎まれ口に送られ、智秋は徳治郎の家を後にした。ああは言ってもやはり心配だ。明日ちゃんと病院に行ったかどうか、確認の連絡を入れようと思った。

今日は朝から風が強い。帰る道すがら、ジャケットの隙間《すきま》から遠慮なく入り込んでくる冷たい風に智秋は背中を丸めた。木枯らし一号かもしれない。

春は春一番なのに、秋はなぜ木枯らし一号なんて味も素っ気もない呼び方なんだろう。智秋は昔から不思議に思っていた。春先に吹く強い風だから春一番という発想はとても情緒的だ。対して木枯らし一号というと、なんだか単なる気象用語という感じがしてしまう。

『今日は風が強いな。春一番だろうか』

十年前の春、どこか遠い目をしてそう呟いた男は、この木枯らしをまだ知らないかもしれない。ワーカホリック気味の彼はおそらく今日も、昼も休まず診療をしているのだろう。

木嶋文具店の看板が見えてきた。智秋は無意識に足を速める。

今夜は何か温かいものを作ろう。豚汁なんかどうだろう。少し多めに作って明日、徳治郎に持って行ってやろうかな。そんなことを考えながら、店の裏手にある玄関に回ろうと小道に入った時だ。

「あっ……」

智秋は思わず息を呑み、竦んだように立ち止まった。スニーカーの底が踏みつけた枯葉の僅《わず》かな音に、その影は振り返った。

「智秋」

「…………」

言葉が出ない。唇は微《かす》かに動くのだけれど。

「おかえり、ってのも変か」

困ったような、はにかんだような笑顔。

久しぶりに見るその表情は、半年前と何ひとつ変わっていない。

「どうして……ここに」

「別れたんだ」

「……え」

「先月、離婚した」

「そう……だったんだ」

芳朝は、笑顔を消して俯く。

「なんだかいろいろ上手くいかなくてさ。最初から無理な結婚だったのかもしれない」

「…………」

「慰謝料代わりに、マンションを彼女に渡して俺が出てきた。だから住むとこなくて」

どんな顔をすればいいのかわからないまま、智秋はうろうろと視線をさまよわせた。

愛しい男だ。そして憎らしい男。

愛し、愛され、捨てられた。たったの半年で、三年半もの歳月を思い出にできる人間なんているだろうか。智秋の心に、身体に、まだ芳朝との記憶は色濃く染みついたままだ。

「籍、抜いたんだ？」

「ああ」

「じゃあもう、奥さんとは」

「会わない。会いたくもない」

結婚式の日の幸せそうな笑顔を思い出す。こんなに短い間に、夫婦の間に何があったのかは知る由《よし》もないが、今目の前にいる芳朝は確かに誰のものでもないらしい。

「子供もできなかった。できる暇もなかった」

こんな時どう答えるのが正しいのだろう。そもそも正しい答えなんてものが存在するのだろうか。智秋は自分の胸に聞いてみる。お前はどうしたいんだ智秋、と。

じりっと一歩、芳朝が近づいてくる。

思わず後ずさった智秋の背中に、隣家のブロック塀が触れる。

芳朝は戻ってきてくれたのだろうか。自分とやり直すために。まさか。でも――。

期待と困惑の間を智秋はせわしなく行き来する。

「寒くなってきたな」

「……うん」

「あっちからお前が来るのが見えて、俺、なんだかすごく嬉しかった。格好悪いけどさ、ちょっと泣きそうになった」

「芳朝……」

「ごめん、俺、超身勝手なこと言ってるよな」

「…………」

あの人ならどうするだろう。不意に浮かんだ檜野の顔を、思わず全力でかき消した。消える寸前、脳裏で独特の低い声が『お前にはプライドがねえのか！』と叫んだ。檜野ならきっとそう言うだろう。

けど、プライドがあったら人は幸せになれるのだろうか。ひとりぼっちのクリスマスをちっとも寂しくなどない顔をして過ごし、おめでとうを言う相手もいない元旦、ひとりで初詣に出かける。そんな暮らしもプライドがあれば平気だというのだろうか。いつか慣れる日が来るのだろうか。

「智秋、俺さ」

懐かしい声が自分を呼んでいる。今、ここで。目の前で。

「とりあえず、中に入ろうよ」

智秋の言葉に、芳朝が俯けていた顔を上げた。

「いいのか」

「こんなとこに立ってたら寒いだろ」

「あ、ああ……そうだな」

わざと迷いのない足取りで玄関に向かった。すぐ後ろを付いてくる芳朝の足音が懐かしくて、胸のざわめきは激しくなるばかりだ。

これからどうするつもりなのか、どうすればいいのか、今は何も考えたくなかった。


寒風から逃れるための「とりあえず」は、結局「しばらく」という形で落ち着いた。一昨日、芳朝を部屋に入れた時点でそうなることはわかっていたのだけれど。

よりを戻すわけではない。まして許すわけでもない。離婚してマンションを取られ、住むところがないというから、アパートを見つけるまでの間ここにいたらいいと言った。それだけのことだ。街路樹の紅葉が目に鮮やかな窓辺に、苦しい言い訳をひとつふたつと並べ、智秋は人知れず深いため息をついた。

矛盾だらけだと思う。一方的に自分を捨て、見知らぬ女と結婚した恋人を責めることも詰《なじ》ることもせず迎え入れ――いや決して迎え入れたわけじゃない。傍《はた》から見たらきっとよりを戻したように見えるのだろうけれど、そもそも智秋と芳朝が恋人関係だということを知る者はほとんどいない。商店街の人たちだって「ここ最近見かけなかった友達が久しぶりに遊びに来ている」くらいにしか思わないだろう。

けど「傍のことは置いておいて、お前の気持ちは一体どうなんだ」と誰かに問いつめられたら智秋は何も答えられない。すり減らずに残っている芳朝への愛情と、裏切られた衝撃や悲しみの余韻とがこの半年、心の真ん中で飽きもせずシーソーゲームを繰り広げている。

離婚に至った経緯やら詳しいあれこれに、智秋はあえて触れなかった。そんなもの聞きたくなかったし、芳朝だって話したくないはずだ。

いずれ時期が来たら――今はまだそう思っている。

「夕食の買い物、俺が行ってこようか」

秋風に遊ばれる落ち葉を見ていたら、背後に芳朝が立っていた。

「もうそんな時間か」

第一と第三の日曜が店の定休日だ。南に面した店舗にいると時計など見なくても太陽の動きで時間の流れを感じるのだけれど、休日は朝寝をしたりするせいもあって、どこか時間の感覚がルーズになる。

「まだ三時だけどさ、夕方になると冷えてくるから」

「いいよ。おれが行く」

「いいって。俺が行くよ。智秋がいつも行くのって、駅前のスーパーだよな」

「……うん」

「無理言って居候させてもらってるんだから、それくらいさせてくれよ」

芳朝は無理など言っていない。早くアパートを探さないとと言う芳朝を、しばらくここにいればいいと智秋が誘ったのだ。

「メニュー何にしようか。俺は相変わらず料理下手くそだから、智秋に作ってもらうことになっちゃうけど」

「そうだなあ」

芳朝の好きなものなら大概知っている。そもそも芳朝と親しくなるきっかけになったのが、ふたりの好きなものにたくさんの共通点があったことだ。

アルコールならビールよりワイン、映画ならハードなアクションものよりしっとりとした恋愛もの、野球よりサッカー、ケーキより大福といった具合にことごとく趣味が一致した。大学生と万年筆メーカーの社員と住む世界は違っていたが、他愛のない話の中で『おれもおれも』と驚いて笑うたび、一歩ずつ芳朝に近づいた気がしたものだ。

同じものを食べ同じ美味しさを分かち合い、同じ映画を観て同じシーンで感動する。こんなに気の合う人間は、世界中を探したってどこにもいない。

「寒いから、シチューにでもしようか」

「あ、それいいな」

芳朝は智秋の作るチーズ入りのクリームシチューが好きだ。肉は鶏のムネ肉。モモよりさっぱりしたムネ肉の方が芳朝の好みだ。

「じゃ、行ってくる」

玄関に向かった芳朝の背中に、智秋は「待って」と声をかけた。

「おれも一緒に行くよ」

「ほんとに？」

「だって芳朝、肉の選び方とかわかんないだろ」

付き合っていた頃、豚挽肉《ひきにく》を買ってきてと頼んだら合い挽きを買ってきてしまったことがあった。

「へへ。実はちょっと不安だったんだ」

小さく肩を竦めて芳朝は笑った。ああこの笑顔だと、智秋の胸は熱くなる。

この笑顔が好きだったのだ。もう二度と見ることは叶わないと思っていた。夢の中で芳朝はいつも白いベールを被《かぶ》った女性の手を引き、智秋に背を向けどこまでも遠ざかっていった。泣いても叫んでも振り向いてはくれず、目が覚めるといつも枕は涙で濡れていた。

そんな半年が嘘のように、今、愛しい笑顔は目の前にある。

ジャケットを手に立ち上がりながら、智秋は口元が綻《ほころ》ぶのを感じていた。

買い物の途中、シチューの他にサラダでも作ろうと言い出したのは智秋だ。シチューだけで十分だと芳朝が遠慮するから余計に食べさせたくなった。

「マリネの方がいい？　あ、でも芳朝、カルパッチョの方が好きだったよな」

「どっちでもいいよ。智秋の作るのならなんだって美味しいから」

「なに言ってんだよ」

「かご貸して。俺が持つ」

照れる智秋の手から、芳朝は買い物かごを奪った。

ゆっくりと、確実に時間が戻ってくる。こんな日常が当たり前だったあの頃が。許してはいない。だけど怒りは不思議なほど湧いてこなかった。

自分はふぬけなのだろうか。あんなに惨めな思いをしたというのに、まるで長期出張に行っていた恋人が帰ってきたようにうきうきしている。

「風が冷たいな。冬みたいだ」

帰り道、レジ袋を提げた芳朝が背中を丸めた。

「もう冬だよ。十一月だもん」

「え、十一月はまだ秋じゃないか？」

「冬だってば。立冬過ぎたし」

「そっか。今年って立冬何日だったっけ」

他愛のない会話を交わすふたりを、ぱぁ～ふぅ～とラッパを鳴らして流しの豆腐屋が追い越していく。下町情緒溢れるラッパの音が、智秋は幼い頃から好きだった。

「湯豆腐もよかったかな」

芳朝が言う。

「明日、湯豆腐にしようか」

「いいね」

「おれ、追いかけて買ってくるよ」

「え、あれを？」

芳朝が驚いた顔をする。

「別に追いかけなくても、明日スーパーで買えばいいじゃないか」

「だって、あのおじさんとこの豆腐、すごく美味しいんだよ」

「でも智秋、恥ずかしくないのか？」

「どうして」

「おじさーんお豆腐くださーい、とか言うのって、なんか主婦みたいだろ」

「そうかなあ」

今までそんなふうに考えたことはなかったけれど、言われてみれば確かにそうかもしれない。流しの豆腐屋から豆腐を買っているのは大抵、主婦かお使いを頼まれた子供だ。幼い頃から「お豆腐屋さ〜ん、待ってよぉ！」とやっていた智秋にとっては抵抗のないことでも、一般的な二十代の青年には少しハードルが高いのだろう。

でも本当に美味しいんだけどなと、遠ざかるラッパの音を惜しんでいると、横町から勢いよく飛び出してきた男が豆腐屋の自転車を追いかけて止めた。

「あっ……」

小さく息を呑み、智秋は立ち止まった。

「どうした、智秋」

数歩先に進んで芳朝が振り返る。

「あ、いや……なんでもない。芳朝、そっちの裏道から帰ろう」

「いいけど、急になんで？」

このまま進むと、道端に止まった豆腐屋を追い越さなくてはならない。ということはそこで豆腐を買っている男の脇を通り抜けなくてはならない。

「とにかく裏道行こう」

まごまごしていると男が気づいてしまう。そんなことになったら最悪だ。

「豆腐買うんじゃなかったのかよ」

「だって芳朝が恥ずかしいって言うから」

「そうかなあって言ったじゃないか。お前が平気なら買えばいいんだよ」

「豆腐はもういいよ。早く行こう」

裏道への曲がり角まで十数メートル。気づくな、気づかないでくれと祈りつつ、智秋は競歩の選手のように大股《おおまた》で歩いた。

「何そんなに急いでんだよ」

「別に」

あきらかに様子のおかしい智秋の後ろを、芳朝は訝《いぶか》りながら付いてくる。

「なあ、ちょっと待てよ」

「いいから、早く」

「おい待ってって、智秋」

名前を呼ばないでくれ——と思ったが遅かった。豆腐屋から釣り銭を受け取った男が、芳朝の発した名前に反応してこちらを振り返ってしまった。獲物を見つけた猛獣よろしく、男はダッシュで向かってくる。

「おい、智秋！　木嶋智秋！　ちょっとそこで待ってろ！　逃げるなよ！」

芳朝は、誰、という顔で駆けてくる男と智秋を見比べている。

——最悪。

ため息をつく間もなく、男の足音が止まった。

「よう、智秋」

「どちらさまでしょう」

「ご挨拶だな。逃げなかったことは褒めてやる」

「なんでおれが逃げないといけないんです」

「てめえ、飲み代踏み倒しておいて、その言い草はねえだろ」

路上で「てめえ」。いっそ清々《すがすが》しいほどの口の悪さだ。本当に医師なのかと疑いたくなる。

「そっちが誘ったんでしょう。それも強引に」

「奢《おご》ってやるとはひと言も言ってねえぞ。しかもいきなり脱走しやがってまったく、俺があれを全部食うのに何十分かかったと思ってんだ」

「全部食べたんですか？」

啞然《あぜん》とする智秋に、芳朝がそっと耳打ちする。

「誰、この人」

やばい人？　とその目が尋ねている。

「この人は、隣町の診療所の……」

「檜野です。智秋とは古い知り合いで、出会ったのはそう、かれこれ十年くらい前になるかな。な、智秋」

檜野は勝手に自己紹介をした。な、じゃないだろと智秋は小さく舌打ちする。

「お医者さんですか。へえ」

そうは見えないと言いたげに、芳朝は檜野の頭の先からつま先まで視線を這《は》わせた。日曜で診療所も休みなのだろう、今日の檜野はどこぞの刑事のようなモスグリーンのモッズコート姿で、それは長身の彼にとても似合っているのだけれど、医師というイメージからはほど遠かった。

「おたくは？　智秋の友達？」

「篠崎と言います。篠崎芳朝です」

その瞬間、檜野の眉間《みけん》に不穏な陰が走った。本当にこの男の感情は、青から赤に変わる信号ほどにわかりやすい。

「あーそう。あなたが芳朝さんね。ふーん、なるほど」

たっぷりと含みのある口調は、お前たちの関係は知っているぞと語るに十分だった。それにしてもなぜ檜野は芳朝の名前を知っていたのだろう。居酒屋で檜野が「ヨシモト」と言った時から気になっていた。おそらくはあの夜だ。それ以外考えられない。他でもない檜野に貫かれながら、うわごとのようにその名を呼んだ気がする。

最悪なのはこの状況ではなく、智秋自身。くらくらと目眩《めまい》がした。

ちらりと横を見れば、芳朝の眉間には檜野以上の深い皺が寄っている。ふーんってなんですか、なるほどってなんですかと、芳朝が言い返さないかとハラハラした。

しかし芳朝は何も言い返さず、智秋の腕をぐっと摑んで引いた。

「行こう、智秋」

「あ……うん」

「それじゃ俺たち帰りますんで。失礼します」

檜野に軽く会釈し、芳朝は智秋の背中を押した。

「帰る？」

案の定そこにぱっくり食いついた檜野は、ジロリと智秋を睨《ね》め付けた。

「智秋、どういうことだ」

こういうことですとひと言で説明できるような状況ではないし、今ここで説明する義務もない。

「お前、まさかこいつと一緒に住んでるのか」

こいつ呼ばわりされた芳朝は、智秋を自分の背中に回し「あの」と十センチほど上にある檜野の顔を睨み上げた。

「檜野さん、でしたっけ。古い知り合いだかなんだか知りませんが、智秋が困っているようなのでこれ以上付きまとわないでくれませんか」

「困ってるのか、智秋」

檜野は芳朝ではなく、智秋に向かって問いかけた。

「困ってるんじゃなくて、迷ってるんじゃねえのか」

「なに、言って……」

智秋は思わず口ごもる。鼓動が嫌なステップを踏んだ。

この男は人の心を見透かすことができるのだろうか。そんな繊細な神経を持っているようにはとても見えないが、智秋の痛いところはどこなのかを的確に探り当てている気がする。医者なんだから当たり前かと、つまらない結論を胸に落としてみる。

「行こう」

二の腕を摑む力の強さに芳朝の苛立《いらだ》ちを感じる。いつだってスマートな芳朝にとって、初対面の男と路上で言い合いをするなんてことは、苦痛以外の何ものでもないのだろう。智秋は黙って頷き、その痛いほどの力に従った。

「智秋」

檜野の呼び声が飛んでくる。

「智秋、おい」

「…………」

「お前はまたそうやって逃げてばっかり……っとに成長してねえな」

聞こえよがしのひとり言は、振り向くつもりのない智秋の背中に当たって落ちた。

路地を曲がり、檜野の姿が見えなくなると芳朝は智秋の腕から手を離した。

「ごめん、痛かっただろ」

気遣っているようでどこか不機嫌な声に、智秋は小さく首を横に振った。

「そういう相手がいるんなら、言ってくれればよかったのに」

「そういう相手？」

「まさかたったの半年で、新しい男ができていたなんて思わなかったから」

「違うって！」

智秋は思わず立ち止まり、芳朝の前に回り込んだ。

「あの人は全然、そんなんじゃない。本当にただの知り合いなんだ。中学の時に行った病院の先生で、偶然店に万年筆を買いに来て……それで最近話すようになったんだ」

「お客さんと個人的に飲みに行ったりするんだ」

立ちふさがった智秋を避《よ》け、芳朝は早足で歩き出す。

「智秋の方はそう思ってなくても、あっちは完全にその気だ」

「そんなこと、ないよ」

「わかんないかな。だとしたら智秋は相当鈍感だよ。誘われて飲みにいって、なんで途中で帰ったりしたの？」

「それは……」

「ホテルに行こうとでも言われた？」

飲みに行くよりずっと前に、檜野とホテルに行った。芳朝が幸せの絶頂にいた同じ夜、智秋は地獄の底でもがき、あがき、ひと夜の情事に救いを求めた。芳朝の言うところの「そういう相手」というのに、過去に一度だけ身体を預けた相手も含まれるのなら、智秋にとって檜野は確かに「そういう相手」ということになる。

「ごめん。智秋が悪いんじゃないのにな。道端でこいつなんて言われたから、なんかちょっとイラッとしちゃって」

いつもの穏やかな声色に戻るのに、そう時間はかからなかった。

「こっちこそごめん。嫌な気分にさせて」

「なんで智秋が謝るんだ。あいつとはなんでもないんだろ?」

「……うん」

頷く智秋の斜め前を芳朝はスタスタ歩いて行く。その横顔は優しげな口調と同じ人間のものとは思えないほどひんやりとしていた。

それから部屋に戻るまで、ふたりは口を利《き》かなかった。


「ちょっと早いけど、シチュー作るよ」

少しでも長く煮込んだ方が具に味がしみる。ジャガイモの角がほろりと崩れるくらいの煮込み加減が芳朝の好みだ。キッチンでエプロンを着ける智秋の方を見ようともせず、芳朝はああ、と無表情に頷いた。その視線はさっきから手にした携帯電話に注がれたままだ。

付き合っていた頃から、芳朝は携帯を手放さない男だった。大手の食品メーカーで営業をしている芳朝にとって、携帯は最も大切な営業ツールのひとつなのだという。ツバキ万年筆時代、主に開発を担当していた智秋にはよくわからないが、営業職というのはそういうものらしい。

「寒かったらヒーター入れていいよ。灯油入れてあるから」

明るく声をかけてみるが、やはり芳朝はうん、と生返事をしながら液晶画面に落とした視線を上げない。取引先から連絡でも入ったのか、それとも檜野のことで機嫌を損ねているのか。どちらかわからないまま智秋は台所に立った。

ピーラーを手にジャガイモをひとつずつ裸にしていく。ふたつみっつ、もうひとつくらい剝こうか。自分じゃない誰かのために食事の支度をするのは本当に久しぶりのことだ。

冷蔵庫からシメジのパックを取り出したが、はっと気づいてすぐに戻した。智秋はシメジが好きだが、芳朝はあまり好きではない。ニンジンは最初にレンジでチンしておかないとなかなか柔らかくならない。少しでもニンジンが硬いと、芳朝はちょっと嫌な顔をする。面と向かって文句を言われたことはないけど、顔を見ていればわかる。

美しく盛られた料理を芳朝は好んだ。味が良くない時よりも、盛りつけが下手だった時の方が嫌な顔をした。だからブロッコリーは別茹《ゆ》でして後で載せる。二匹焼いた魚の、焦げ目のきれいな方を智秋はいつも芳朝の皿に載せた。食事ってさ、八割が雰囲気だよなと芳朝はいつも言っていた。

先月まで彼の奥さんだった女性は、どんな料理を作っていたんだろう。どんな美しい盛りつけをしたんだろう。やっぱりシチューのブロッコリーは別に茹でたんだろうか。芳朝はそれをどんな顔をして食べていたんだろう。

不意にあの日のふたりの笑顔を思い出し、胸が締め付けられる。

まだ許したわけじゃない。——まだ。

「智秋」

剝いた野菜と肉を炒め始めた時、芳朝が台所に顔を出した。

「悪いけど、今夜ちょっと用ができた」

「えっ」

思わず振り返ると、芳朝はすでに上着を身につけ首にはマフラーまで巻いていた。

「取引先の社長がさ、どうしても今夜いい店を紹介しろってきかないんだ」

「店?」

「接待だよ。日曜だってのにまったく、わがままで困ってるんだけど、機嫌損ねると後が大変だから」

「……そう」

芳朝が突然出かけるのは珍しいことじゃない。付き合っていた頃にもこんな場面は何度もあったが、営業なんだから仕方がないとその都度ため息で流してきた。

「せっかく支度してくれてるのに、ごめんな」

「仕方ないよ。仕事だもん」

「なるべく早く帰ってくるから」

「寒いから、あったかくして行きなよ」

「ああ。じゃあな」

ドアの閉まる音。遠ざかっていく靴音。

ひとりになった玄関で、智秋は言いようのない虚しさに襲われる。思わず「いってらっしゃい」と言いそうになった自分に激しい自己嫌悪を覚えた。

『お前はまたそうやって逃げてばっかり』

不意に檜野の声がした気がして廊下を振り返る。

「いるはずないか」

はっと苦く笑い、キッチンへ向かった。

クツクツと美味しそうな音をたて、湯気を上げる鍋を見つめる。

自分はいったい何をしているんだろう。

『逃げるなよ智秋』

本人がしつこいと幻影までしつこくなるのだろうか。智秋は軽く頭を振って、脳みそに張りついている檜野の亡霊を追い出した。

「逃げてなんか……ないから」

そう、逃げているわけじゃない。まだ一歩も動き出せないだけで。

結局その夜、芳朝は帰ってこなかった。

常識こそが世界で一番大事だとは思わないが、あまりに常識のない人間というのはやはり困りものだ。ひとつ言葉を交わせばふたつ、ふたつ返事をもらえばみっつ。そんなふうに相手を忖度《そんたく》することができなければ、大人の社会は回っていかない。

カウンターの向こう側に仁王立ちしている男の前で、智秋は思い切り、ありったけのため息をついた。しかしこの男は、智秋の眉間の深い皺や眇《すが》めた目、果てはとんとんとカウンターを叩《たた》く左手の指先などが意味するところを、まったくもって感知しないらしい。

要するにごく普通の大人には標準装備されているところの常識というものを、一切持ち合わせていないのだ。ここまで来ると困りものなどというかわいらしいレベルではない。はっきり言って邪魔だ。迷惑だ。

「邪魔なんですけど」

目には目を。常識のない相手に常識はいらない。

「それが客に対して言う言葉か」

「何を探すわけでも買うわけでもなく、そこにそうしてただ立っていられると、他のお客さんの迷惑です」

「どこに他の客がいる」

「これから来ます。たくさん来ます。あなたの今立っているその場所が一番混《こ》みます。だからどうぞお帰りください」

檜野はチッとひとつ舌打ちし、文具の棚からひとつ六十円の消しゴムを取って戻ってきた。

「これをくれ。クリスマスのプレゼント用にラッピングしろ」

「消しゴム一個を？」

「この店じゃ何か、消しゴム買うのは客じゃねえのか」

「そういうわけじゃ」

「六十円の消しゴムには、クリスマスプレゼントになる資格がねえってのか」

「誰もそんなこと」

「じゃあ包んでくれ。なるべく丁寧に。大事な人に贈る大事なクリスマスプレゼントだからな。念のため言っておくがお前が消しゴムを包む間、俺は紛れもなくこの店の客だ」

今度は智秋が舌打ちする番だった。バカバカしさに脱力しつつカウンターの下からクリスマス用のラッピング用紙を取り出す。一番小さいサイズの用紙でも消しゴムひとつには大きすぎるのでカットしなければならない。

カッターナイフはどこだったろう。三日くらい前に使って、その後どこにしまったのか忘れた。やたらと時間がかかる。檜野の思うつぼだと思うとそれだけで腹立たしかった。

「昨日のあいつはどうした」

イライラとあちこちの引き出しを開ける間、腕組みをしたまま檜野が問いかけてくるが無視した。

「どうしたと聞いているんだ。仕事に行ったのか、ヨシモトは」

「芳朝です」

「一緒に住んでるのか、ここに」

「住んでたらどうだって言うんです。あなたには関係な――」

「ある！」

ドン、とカウンターに両手を載せ、檜野が身体を乗り出した。

「叩かないでください。壊れたらどうするんですか」

「バカ言ってんじゃねえ。大ありだろーが。あの夜お前は俺に抱いてくれと言ったんだぞ」

真顔でいきなり地雷を踏まれ、智秋は自分たち以外誰もいない店内を思わずきょろきょろ見渡した。

「こ、ここでそういう話をしないでください」

「じゃあどこですりゃいいんだ。飲みに誘えば逃げる。道で会っても逃げる。体育館の裏にでも呼び出せばいいのか。あぁ？」

どこにもない。見つからない。カッターはどこだ！　と叫びたくなる。ガタガタとあちこちの引き出しを開けたり閉めたりするうち、指を挟んでしまった。

「痛っ……」

「どうした」

「なんでも」

「どうせ指でも挟んだんだろ。見せてみろ」

常識はないがカンはいいらしい。

「平気です」

「我慢しないで先生に診せてごらん」

「お医者さまに診ていただくほど重傷じゃありません」

一番立てつけの悪い引き出しの奥から、ようやくカッターが見つかった。智秋は指の痛みを堪えラッピング用紙に刃を入れた。

「智秋」

檜野がちらりと腕時計を見る。今日もまた短い昼休みに自転車を飛ばして来たのだろう。

「やめとけ」

「リボンはお付けしますか？」

「あいつはやめておけ」

「赤、青、ピンク、黄色、それから金色と銀色がありますけど」

「ピンク。一度お前を捨てた男なんだぞ。ちゃんと話し合ったのか」

「メッセージカードはどういたしますか。トナカイのとサンタのがありますけど」

「トナカイ。なあ智秋」

ものが小さいので既製のリボンではみ出してしまう。手先は器用な方だが、それでも消しゴムの四角に収まる大きさにリボンを作るのは難儀した。

「悪いことは言わねえからやめろ」

「もう作っちゃいましたけど」

「リボンじゃねえ。あいつとより戻すのはやめろ」

「あなたにとやかく口を出される筋合いはありません」

「筋合いで言ってるんじゃない」

「ご心配、痛み入ります」

「智秋！」

ドン、と今度は智秋がカウンターを叩いた。

「お願いですからもう放っておいてください」

「放っておいたらどうせまた泥酔して、道端に寝っ転がるようなことになるんだ」

「なりません」

「絶対？」

「絶対。だからこれ以上おれに構わないでください。口出ししないでください。迷惑です」

「お前はどうしてそう素直じゃねえんだ。昔はもっと……」

「昔の話をしないでくださいっ！」

「唾《つば》飛ばすんじゃねえ！」

カウンター越しに睨み合う。

子供の頃だって、こんなくだらない言い合いをしたことはなかったのに。

そもそも智秋はけんかが嫌いだ。怒鳴ったり叩いたりすれば一瞬気分はすっきりするかもしれないが、その後には必ず壮絶な後悔の時間が待っている。怒鳴ってよかったと思ったことは今まで一度もない。感情を顔に出さなければよかったと思うことは山ほどある。

「智秋」

「気安く名前で呼ばないでください」

「お前がどっちでもいいと言ったんだろうが」

いる客だけだ。

「そんなこと言いましたっけ」

「てめっ……」

檜野が眉尻を吊《つ》り上げたところで、店の電話が鳴った。個人的な電話はすべて携帯に来るようになっている。店に連絡をよこすのは、商店街の人か祖父の代から贔屓《ひいき》にしてもらっているている客だけだ。

「これ、お代はいりませんから。どうぞお引き取りください」

クリスマスカラーにラッピングされた消しゴムを檜野の胸元に突きつけ、智秋は「失礼します」と片隅の電話に向かった。

「はい、木嶋文具店です」

苛立つ心を鎮め、静かに受話器を取る。

電話は通じているようだが、相手からの言葉はなかった。

「もしもし、木嶋文具店ですが」

『……っ……』

イタズラ電話だろうか。智秋は受話器にあてた耳を澄ます。微かに人の息づかいのようなものが聞こえるだけで、やはり返事はない。

「もしもし、どちらさま……」

『――ぼ……れ、だ……』

誰だろう。呼吸の合間にようやく少しだけ漏れてくる苦しげな声。

「もしもし？　もしもし」

『……ぼ……ちぃ坊……』

「徳さん？　徳さんですか？」

思わず受話器を握り直した。

「徳さんなんですね。どうしたんですか。どこか具合でも……」

言いかけ智秋の耳に、激しく咳き込む音が聞こえた。

「徳さん！　徳さん、大丈夫ですか？」

『……坊……息が……くる、しっ……』

「徳さん！　今行くから。待ってて！」

智秋は受話器を置くと、弾《はじ》かれたように振り返った。

「どうした。何があった」

そこには先刻までのふて腐れた少年のような顔ではなく、鋭く厳しい医師の顔があった。

「徳さんが、徳さんがっ、この間から咳が、咳がひどくて」

「落ち着け。咳が止まらない人がいるんだな。苦しそうだったのか」

「すごく苦しそうで、だからおれ、今からすぐに行ってみます」

「徳さんって人は、何歳なんだ」

「八十二歳です」

檜野の表情が曇る。

「症状はいつからだ」

「多分、十日くらい前から」

「……んだと」

檜野はくるりと踵《きびす》を返し、智秋より先にドアに手を掛けた。

「俺も行く。家はどこだ。近いのか」

「すぐ近くですけど、でも」

驚く智秋の手を檜野は「来い」と引いた。

「老人と子供はな、悠長に構えてるとあっという間に悪化することがある。チャリ飛ばすから後ろに乗れ」

「でも……」

「いいから早くしろ！　手遅れになったらどうするんだ」

その声に弾かれるように、智秋は店を飛び出した。

——どうしよう……どうしよう。

徳治郎に何かあったらどうしよう。それればかりが頭を巡った。

風を切り、檜野は自転車を飛ばす。寒さを感じる余裕もなかった。その背中にしがみつきながら智秋は、徳治郎の無事だけを祈った。

檜野が一緒でなかったらどうなっていただろう。

病院の薄暗いロビーで、智秋は深くうな垂れていた。

檜野とふたりで駆けつけ、鍵のかかった玄関を諦め庭に回った。受話器を持ったまま廊下に倒れている徳治郎を見つけた瞬間、智秋は全身の血が凍りつくような恐怖を覚えた。

『徳さ……』

立ち竦む智秋に代わって徳治郎を抱き起こし、即座に脈や呼吸を確認したのは檜野だった。すぐに懇意にしている救命医がいる総合病院に自ら連絡をつけ、受け入れが可能なことを確認すると迷わず救急車を呼んだ。

徳治郎はかなり朦朧《もうろう》としていたが、辛うじて意識は保たれていた。檜野のかける言葉に力ないながらも頷いていた。

『おそらく肺炎だろう』

救急車の到着を待つ間、檜野が低く呟いた。

『肺……炎』

『かかりつけの病院には行かなかったのか』

『徳さん、病院が苦手で』

『それにしたって、なんでこんなになるまで……くそっ』

自分に対して放たれた言葉ではないとわかっていたが、智秋は奈落の底に落とされたような気がした。

救急車が病院に到着し、長年の友人だという救命医に徳治郎を託した後、檜野は自分の診療所へとんぼ返りしていった。ひと通りの処置が終わった徳治郎は、大事を取ってひと晩ICUに入ることになった。診断はやはり肺炎だった。

『あと半日遅かったら危なかったですね』

救命医の言葉にまた身体の芯がぶるりと震えた。一時間もしないうちに息子夫婦も駆けつけ、感謝や謝罪の言葉をかけられたが、智秋はまともに顔を上げることができなかった。

すみませんでしたと頭を下げる智秋を、家族は責めなかった。煩《うるさ》がられるからと頻繁に連絡を取らなかった自分たちが悪い、智秋が駆けつけてくれなかったら大変なことになっていたと、逆に労をねぎらわれた。

夜になり、徳治郎の容態はかなり安定した。どうぞもうお帰りになってと弘子に促され、ずっと張り付いていたICUの前を半日ぶりに離れた。エレベーターで一階に下りると、誰もいない夜のロビーがぽっかりと口を開けたように待っていた。目についたソファーにずるりと崩れ落ちるように腰を下ろし、智秋はがっくりとうな垂れた。

知っていたのに。徳治郎が風邪をひいていることも、病院へ行くように助言したくらいで素直に行くような性格でないことも。長い付き合いでわかっていたのに。だからちゃんと確認しなければと思っていた。それなのにあの日、突然芳朝が現れて——忘れてしまった。

半日遅かったらという医師の言葉が、自分の尻尾《しっぽ》を追いかける犬みたいに頭の中をぐるぐると回った。

「おい」

どれほどそうしていただろう、不意にかけられた声に智秋はハッと顔を上げた。

「ほれ」

「え、うわっ、熱《あ》っち」

現れたのが檜野で、いきなり太ももの上に飛んできた物体が温かい缶のココアだということに気づくのに、五秒ほど要した。買ったばかりなのか、必要以上に熱々だった。

「投げないでください」

「冷たい方がよかったか。それともココアは苦手か」

「そういうことじゃなくて」

「徳さんの容態、安定したってな」

檜野は自分のコーヒーのプルタブを引きながら、智秋の横にドスンと座った。平気で缶を握り、ごくごく飲んでいるところをみると、檜野のコーヒーは冷たいのかもしれない。

「寺尾《てらお》に聞いた。明日にはＩＣＵ出られるみたいだぞ」

寺尾は徳治郎を最初に診てくれた救命医だ。檜野とは医大時代の同級生だという。

「間に合ってよかったな」

「今日は本当にありがとうございました」

「肺炎は処置が遅れると命取りになることがある」

智秋はシャツの裾《すそ》を握り締め「すみませんでした」と消え入りそうに呟いた。

「なんでお前が謝るんだ。まさか徳さんに裸でマラソンでもさせたのか」

俯いたままふるふると首を振る智秋の横で、檜野はコーヒーを飲み干す。

「飲めよ。せっかく買ったんだから」

「…………」

檜野は答えない智秋の手から缶を奪い取る。カチッと音がして、プルタブの開けられたココアが目の前に差し出された。

「どんだけ至れり尽くせりされてーんだ。ほら、飲め。カフェインには気持ちを落ち着かせる効果があるらしいぞ。あれ、ココアってノンカフェインだっけか」

医者のくせに「らしい」とか「だっけか」とか。本当にいい加減な男だ。

「いただきます」

「缶だからふーふーしてやれないからな。気をつけて飲め」

口に広がったココアは今時どうよというほど甘ったるくて、いかにも缶のですというインスタントでジャンクな味だった。けれど数十センチの食道を通過して胃に落ちていく妙な温かさは、凍えそうなほど冷え切った智秋の心にいとも簡単に染みた。

「おれ……知ってたんです」

「ん？」

「徳さんが、咳してたこと」

智秋は開いた足の間にふうっとひとつ甘い吐息を落とした。

「風邪気味だって知ってた。最初に徳さんが咳しているのを聞いたの、一週間以上も前で」

「……うん」

「金曜に万年筆を届けに行った時、咳がひどくなってるなと思って……病院に行くように言ったんです。徳さん若い頃から病院嫌いだから、一度言ったくらいじゃ行かないだろうってことはわかってました。だからおれ、確認しなくちゃと思ってた。もし病院に行っていないようなら、怒られるの覚悟で家族に連絡しようと……なのに」

「週末、うっかり忘れたと」

「……はい」

「あいつが戻ってきたから」

否定できない自分が情けなかった。冷静になればなるほどその通りだから。

あの日半年ぶりに目の前に立つ芳朝の姿を見て、彼以外のすべての景色が一瞬消えた気がした。いや気がしたんじゃない。本当に消えたのだ。智秋の意識のすべては、自分を捨てた恋人がなぜそこにいるのか、自分たちはよりを戻すことができるのか、そのことだけに向けられ他はみなどうでもいいことになってしまった。豚汁を持って行ってやろうと思ったことも忘れ、芳朝の好きなシチューなんか作ったりして。

結果、徳治郎は風邪をこじらせ肺炎になり、救急車で運ばれた。もしも週末に様子を見に行っていたら、少なくともこんなに重症にはならなかった。苦しそうな電話の声を思い出し、智秋の胸は潰《つぶ》れそうになる。

「おれのせいです」

絞り出すような智秋の言葉に、檜野は「あのなあ」と軽く首を振った。

「あんまり青い顔してっから、そんなこと考えてんじゃないかと思ったよ」

「だって」

「お前のせいじゃない」

「気休めは……」

「気休めで言ってるんじゃない」

言下に強く否定され、智秋はひくんと肩を竦ませた。

「お前は徳さんの家族じゃないし保護者でもない。一緒に暮らしていたわけでもない。それにお前はちゃんと病院に行くように勧めたんだ。徳さんは行くと約束した。なのに行かなかった。お前の責任じゃない」

「けど……」

「お前のせいじゃないんだよ」

檜野はさっきよりも強く厳しい口調で断言した。ちらりと横目で窺《うかが》うと、口調と同じ厳しい視線が智秋を見つめていた。怒っているような強い視線。だけど決して冷たくない。

「目の前で親しい人が救急車で運ばれるのを見て、ショックなのは当然だ。自分を責めてしまう気持ちもわからなくもない。何日も前から具合が悪いのを知っていて、週末様子を見に行ってやろうと思ったのに忘れたなんて事情があったらなおさらな。けど智秋、それでもお前のせいじゃないんだよ。赤ん坊や子供や自力で動けない人以外は、それぞれに意思ってもんがある。熱が出そうってだけで病院に駆けつける人もいれば、ちょっとやそっとじゃ医者になんぞかかりたかねえやって人もいる。人それぞれなんだ」

「…………」

「徳さんは間に合った。助かったんだ。それでいいじゃねえか。もう自分を責めるな」

「……でも」

倒れている徳治郎の姿を見た時から、智秋の脳裏にひとつの光景が何度も繰り返し蘇っていた。三年前の文郎の葬儀の様子だ。

文郎は心筋梗塞《こうそく》で亡くなった。ちょうど今時分の、秋の深まった寒い朝だった。居間でごとんと鈍い音がして、駆けつけた時にはすでに文郎の心臓は停止していた。手は尽くしたけれど、最愛の祖父は結局帰ってこなかった。

火葬場で最後の別れをしながら、文郎が一番大切にしていた万年筆を棺に入れた。ツバキ万年筆時代に文郎が自身で開発した自慢の一本だ。文郎の胸元にそっと置いた万年筆の漆黒を、智秋は今も忘れることができない。

『俺が死んだらよ、ちぃ坊、愛用の万年筆を棺に入れてくれ。天国でも地獄でも、あのペン以外は使う気にならねえ』

徳治郎が冗談めかしてそう言った時、智秋は内心ドキリとした。実は文郎も生前同じことを言っていたのだ。自分が死んだらこの万年筆を棺に入れてくれ、天国に行ってあのペンがないと困るからと。棺の中、静かに横たわる徳治郎の胸に愛用の万年筆を置く――リアルすぎる想像が智秋を責め続けていた。

「じいちゃんが」

思わず口をついた。話すつもりなんてなかったのに。

「死んだ時のこと……思い出して」

「じいちゃんって、三年前に亡くなったっていう、お前のお祖父さんか」

「はい。心臓だったんですけど、やっぱり廊下で倒れてて……救急車呼んだんだけど間に合わなくて」

「そっか」

そうだったのかと、檜野が頷いた。

「同じことになっちまったらどうしようと？」

「……はい」

そっか、と檜野がまた同じ言葉を繰り返す。

その口調は素っ気ないのに、なぜだろう気持ちが緩んでいく。根拠はないけれど智秋は檜野が心の中で「バカだな智秋は」と思っているような気がした。

「バカだと思ってるんでしょ」

どうしてだろう、今夜は言わなくていいことばかり言ってしまう。

「あ？」

「おれのこと」

「なんで」

「なんとなく」

「思ってねえよ」

「……そうですか。ならいいです別に」

なんだよそら、と檜野は小さく噴き出した。

「思い出ってのは妙なもんでさ、楽しかったことより辛かったことや悲しかったことの方が心の湖から簡単に浮き上がってくる。嫌な思い出ほど、ちょっとしたきっかけでもってするすると心の隙間に入り込んでくるもんだ」

智秋は顔を上げる。檜野はどこか遠くを見るような瞳で、ロビーの片隅にある自販機の明かりを見ていた。檜野にもそんな経験があるのだろうか。豪放磊落《らいらく》を絵に描いたようなこの男にも。智秋はいつもと少しだけ違う檜野の横顔をじっと見つめた。

「運命――なんて思うのは逃げだろうか」

唐突に、檜野が問う。智秋にというより、まるで自分に問いかけているようだ。

「運命、ですか」

「ああ。運命。まったく同じような状況で運ばれて来ても、助かる患者と助からない患者がいる。ああすればよかったんだろうか、こうしていればもしかしてと、家族だけでなく医者だって悔やむことはある。最善を尽くした後でもな」

言葉を切り、檜野はひとつ大きく深呼吸をした。

「けど、それはみな運命なんだと思うと、少し楽になる。川に落ちたけど偶然通りかかった近所の高校の水泳部員に助けられた小学生とか、車にはね飛ばされたけどたまたま路駐してあった車のボンネットに乗っかって傷ひとつ負わなかった主婦とか。かと思えば、ちょっと滑って転んだだけなのに、打ち所が悪くて亡くなっちまったりとかさ」

医療の現場にいると、日々たくさんの生と死に関わることになるのだろう。檜野という男

の持つ強引で豪快だがどこか達観したようなオーラが、どこから来るものなのかほんの少しわかった気がした。

「自分や誰かを責めだしたら、きりがないんだよ智秋」

ふわりと肩に何かが載った。檜野の長い腕だと気づき智秋は深く俯いた。

昼間あんなに激しく言い合いをしたばかりなのに、なぜだろう振り払おうとは思わなかった。肩口から伝わってくる体温の心地よさは戸惑いを覚えるほどで、しばらくこのままこうしていたいとさえ感じた。

「なに……してるんですか」

「ん？　肩抱いてんだよ」

「だから、なんでですか」

「そうしたいからだ。悪いか。ＰＫ外した駒野《こまの》の肩を松井《まつい》が抱いてただろ。岡田《おかだ》監督なんか思いっきりハグしてたぜ」

肩を抱きながら、けんか腰で悪いかと聞かれても困ってしまう。半日前の智秋なら一も二もなくはね除《の》けていたところだが、困ったことに今この状況が決して不快ではない。選りによって檜野の腕にくるまれて気持ちが落ち着くなんて。自分はどれほど弱っていたのか。

ふたり黙ったまま、ぼんやり自販機を見つめる。新発売なのだろうか、飲んだばかりのココアの広告が照らし出されている。スーツ姿のサラリーマンがふたりベンチに並んで座っている。落ち込んだ様子で俯く後輩らしき青年に、ちょっと年上の先輩がココアの缶を差し出している写真。ふたりの間にポップなフォントで『ま、たまには甘やかしてやるよ』と書かれている。

「たまには甘えろよ。疲れんだろよ、毎度そんなんじゃ」

同じ広告を見ていた檜野が、耳元で囁《ささや》いた。

やはり檜野はどこかの自販機でこのココアの広告を見たのだ。自分には冷たいコーヒーを買ったが、智秋には甘くて温かいココアを選んだ。きっと落ち込んでいるだろうと思ったから。いかにも檜野らしい単純でわかりやすい、だけど細やかな気配りだ。

「別に疲れません」

ぷいっと横を向くと、檜野の腕にきゅうっと力が込められる。

「言い返す元気があってよかったよかった」

「はっ……なして、ください」

「やだ」

「誰か来たら、どうするんですか」

「誰かって？　別にいいじゃねえか。俺は今、落ち込んでいる友人を励ましているんだ。あ、そもそも俺たちは友人じゃないよな。強いて言えばお前は俺の元患者……」

「檜野さん！」

十年前の手術の件をまた蒸し返されそうだ。冗談じゃないと慌てて立ち上がった時だ。

「檜野」

診療棟へ続く通路の方から、男の声がした。

「おう、寺尾」

声の主は、徳治郎を最初に診てくれた救命医・寺尾だった。

「お前、こんなところでなにナンパしてんだ」

「どこでナンパしようが俺の勝手だろ」

とりあえず否定してくれと智秋は慌てる。

「あのなあ、ここは病院だぞ。神聖な職場でまったくお前は」

「俺は今日の業をつつがなく成し終えてきたところだ。今は医者じゃなくただの飢えたオオカミさんだ」

ガオーッと智秋の頭にかぶりつく真似をする檜野に、寺尾は呆れて笑い出した。

「先ほどはどうもありがとうございました」

檜野から一歩二歩離れ、智秋が頭を下げると寺尾は「大事に至らなくてよかったね」と頷いた。

「意識もはっきりしているし、明日には一般病棟に行けると思うよ」

「本当にお世話になりました」

恐縮する智秋ににこやかな笑みを見せながら、寺尾は檜野を向き直った。

「変わらないな、檜野。何年ぶりだ」

「うーん三年……五年くらいになるか？　そっちも相変わらず忙しそうだな」

「まったくだ。昼間挨拶もできなかったと思ってがっかりしていたら、今さっきうちの科の看護師たちが『すごーく背の高くて超かっこいい人がロビーに向かって歩いて行った』と話しているのを聞いて、万が一と思って来てみた」

「なにが万が一だ。背が高くて超かっこいい。間違いなく俺だろ」

同級生だと聞いているがかなり親しいのだろう、ふたりの立ち話は五年ぶりとは思えないほど弾んでいる。少しの間互いの近況を報告しあっていたが、傍らの智秋に気遣ったのか寺尾が「そろそろ戻らないと」と腕時計を振って見せた。

「おう。今日は夜勤か」

「そういうこと」

「こっちは夜勤がねえからな。その点は気楽だ」

「だけど土日でも、飛び込みの患者、断らないんだろ」

檜野は「まあな」と曖昧に笑った。

「なあ檜野、お前本当にこのままでいいのか」

「いいのかって、何が」

「そろそろ大学に戻らなくていいのか」

「ああ……」

おそらくそういった話が以前からあるのだろう、檜野は「その話か」と鼻の頭に軽く皺を寄せた。

「でかいとこは俺には向かない。特に大学は」

「まだそんなことを言ってるのか。川上《かわかみ》先生からも佐々木《ささき》先生からも、会うたび言われる。檜野を説得してくれってさ。みんなお前の腕が欲しいんだよ」

「今の診療所が性に合ってる。どこかに移るつもりはない」

「檜野……」

軽くため息をつき、寺尾は言った。

「きょうちゃんのこと、まだ忘れられないのか」

一瞬にして曇る檜野の横顔に、智秋はハッとした。

寂しそうで、何かを堪えているような瞳。

あの日。十年前の診察室だ。抜糸が済んで礼を告げた智秋の頭を、檜野は『こっちこそありがとな』と撫でた。そして季節を感じることができるのは幸せなことだと思わないかと言った。あの日の檜野も、確かこんな深い色の瞳をしていた。

「忘れるわけないだろ。あれは俺の……」

言いかけて、檜野は言葉尻を濁す。靴の先あたりをじっと見つめる様子は、いつもの檜野らしくない。

「そうだな。忘れるわけないよな。悪かった」

「……いや」

軽く首を振って、檜野は顔を上げた。

「佐々木先生たちには、檜野は自分勝手なので自由気ままにやりたいそうですと言っておいてくれ」

そう言って笑う檜野に、わかったよと寺尾も薄く笑う。

近いうちに同窓会でもしようと言い残し、寺尾は去って行った。

「帰ろう。送って行く」

寺尾の背中が見えなくなると、檜野は智秋を振り返った。その顔はどこから見ても完璧なほどいつもの檜野で――智秋はどこか釈然としないものを感じた。

――きょうちゃんって、誰ですか？

言葉に出すほど愚かではない。胸の片隅でざわざわするその疑問を、智秋はそっと抑えつける。タクシーの中、ずっと眠ったふりをしていたけれど、本当は気になって仕方がなかった。そしてなぜこんなにも見ず知らずの「きょうちゃん」が気になるのか、智秋自身さっぱりわからなかった。

部屋に明かりが点《つ》いていたので、芳朝が戻っているのだとわかった。

「ただいま」

つとめて明るい声で帰りを告げた。しかし居間の卓袱台《ちゃぶだい》に向かう芳朝から返事はない。

「遅くなってごめん。晩飯まだだろ？　今用意するよ」

「………」

「お得意さんでさ、死んだ祖父ちゃんの友達に徳さんって人がいるって前に話したことあっただろ。その人がさっき入院しちゃって、昼からずっと病院に行ってたんだ」

上着を脱ぎながら居間に向かった智秋は、卓袱台の上にビールの缶が四つ五つと並んでいることに気づいた。

「飲んでたんだ。じゃあ何かつまみでも……」

「誰と一緒だったんだ」

ひどく不機嫌な低い声だった。タクシーのドアが閉まる音が聞こえていたのだろう。下りるときに檜野と交わした短い挨拶も、聞かれていたかもしれない。

「徳さんの息子さん。タクシー、相乗りしてきたんだ」

迷いながら嘘をついた。昨日の今日だ。檜野の名前を出せば、せっかく帰ってきてくれた芳朝の機嫌を損ねてしまうような気がした。

しかしそんな智秋の心のうちなど、芳朝はすっかり見抜いていた。

「半年の間に、嘘が上手になったんだな」

「……え」

「そこの窓から見てた。一緒に乗ってたの、昨日の、檜野とかいう医者だろ」

一瞬、返答に詰まった。そのわずかな間が、酔った芳朝を刺激した。

「なんで嘘なんかつくんだ！」

芳朝の腕が卓袱台に並んだビールの缶を一気になぎ払った。空っぽの缶たちはカラカランと散り散りに吹っ飛んだ。部屋のあちこちに転がった缶がたてたのは、気が抜けるほど軽く乾いた音だったけれど、智秋を竦み上がらせるのには十分だった。

「どうして嘘つくんだ」

芳朝が、唸るように同じことを尋ねた。

「……ごめん」

「疚《やま》しいことがあるからだろ」

「違う」

「あの男と寝たんだろ！　正直に言えよ！」

バシンと卓袱台を両手で叩き、芳朝が立ち上がった。

「違う。そんなことしてない」

「じゃあどうして俺の顔を見ないんだ」

どうしてなのか智秋にもわからなかった。疚しいことなど何もないはずなのに、正面にある芳朝の顔を見ることができない。

芳朝が近づいてくる。頤《おとがい》を持ち上げられ、キスをされた。

「んっ……」

咄嗟《とっさ》に逃げを打った智秋の背中を、芳朝が素早く抱きすくめる。

「や……め、芳……」

なぜ顔を見ない。なぜ逃げる。なぜやめろと言う。噛みつくような乱暴なキスが智秋を責めたてる。

あれほど焦がれ、もう一度だけでもと夢にまでみた芳朝とのキス。なのに今、智秋の心を支配しているのは待ち望んでいたものとはまるで違う、真冬の海岸のように冷えてざらついた感情だった。

「あの男とも、キスしたんだろ」

「して、ないっ」

「したって、正直に言えよ」

「本当にしてな……あっ!」

耳に焼けるような痛みが走る。頬を打たれたのだと気づくと同時に、智秋の身体は畳に転がされた。腹の上に跨《また》がる芳朝の目は、アルコールのせいか完全に据わっている。

「智秋、俺はやり直したいんだよ、お前と」

「芳朝……」

「なのにお前は嘘をつくんだな」

「檜野さんとは何でもないって言ってるだろ。どうして信じてくれないんだ」

「わかったよ。何でもないんだな。何でもないなら、いいよな」

芳朝の澱《よど》んだ瞳が孕《はら》むものに、智秋は直感的に気づいた。

「芳朝、おれは」

「智秋、待っててくれたんだよな。だからすぐに許してくれたんだろ」

「芳朝！　やめ、んっ……」

はね除けようとした手を摑まれ、唇をふさがれる。

無理矢理こじ開けるように進入してくる舌を反射的に拒んだ。

「寂しくさせてごめん。悲しくさせてごめん。もう離れないから」

「そんな、ことっ」

こんな時に、こんな形で告げるなんて。

「わかるだろ？　俺にはやっぱりお前しかいないんだ、智秋。お前が好きなんだ」

「い、痛い……芳朝」

手首に芳朝の爪《つめ》が食い込み、うっすらと血が滲《にじ》む。

「智秋……なあ智秋、俺、結婚したことすごく後悔してる。毎日毎晩お前のことばかり思い出していた。もうお前と離れたくない。俺のこともう一度愛してくれよ……頼むよ」

智秋、智秋とうわごとのように囁く。

勝手な理屈を並べる男は、智秋の知っているかつての恋人ではなかった。

——誰なんだろう、この男は。

見知らぬ男に組み伏されているような恐怖が、鼓動に乗って全身を巡る。

「離……せっ」

「智秋、愛してる」

「こんなのっ……愛じゃ、ない」

絞り出すような言葉も、芳朝には届いていない。

「前みたいに愛し合おうよ、智秋」

笑うみたいに囁いた後、芳朝は智秋のシャツを思い切りはだけた。

「ちょっ、とまっ……うわっ」

ふたつみっつとボタンがちぎれて飛び、肌着まで捲《めく》り上げられた。智秋の生白い素肌は暖房のついていない部屋の冷気に晒される。

「芳朝!」

「智秋、愛してる」

「やめっ……やめろ！」

「愛してる……智秋、愛してるから……セックスしよう」

抑揚のない口調とドロリと蕩けたような瞳。本能的な恐怖に智秋は震えた。

「セックスしよう」

これはセックスじゃない。強姦《ごうかん》だ。智秋は渾身《こんしん》の力で芳朝の身体を押し返した。

しかし意志を固めた酔っ払いの腕力は、想像以上に強かった。

「離せ！」

「本当は智秋だって、早く俺としたかったくせに」

「違う！」

抱き締められた腕の中で身体を反転させるのがやっとだった。畳を這って逃げようとする智秋を、芳朝は背中から押し潰した。

「やめろ！　嫌だ、こんなのっ――ああっ！」

俯《うつぶ》せて足をばたつかせると、今度は肩に強い痛みが走る。芳朝が歯を立てていることは振り返らなくてもわかった。

――どうして。

どうしてこんなことになってしまったんだろう。諦めより深い絶望感が智秋を襲う。

乱暴にズボンを脱がされる。下着をかいくぐった手が、智秋の中心におざなりの愛撫を施している。もちろん快感など欠片《かけら》もない。ただ悲しいだけの、皮膚と皮膚の接触。

「気持ちいいだろ？　なあ智秋……久しぶりだな」

ねっとりとした吐息が耳にかかる。こみ上げてくる吐き気と必死に闘った。

秘められた狭間《はざま》に手のひらが滑り込んできた。智秋は身体を捩《よじ》っていっそう激しく抵抗したが、芳朝が動きを止める様子はなかった。

やがてねじ込まれる暴力的な熱。ろくに慣らしもしない挿入は、智秋の意識を遠のかせた。

「あっ……くっ！」

「相変わらず狭いね、智秋……痛いくらい」

「嫌だ、芳朝、やめろ」

「でもすごく気持ちいいよ」

芳朝が腰を突きあげる。深く刺さった分だけ痛みも激しくなる。

「やめっ……ああ、くっ」

泣き叫び、悲鳴を上げたら誰か助けに来てくれるだろうか。

ダメだ。こんな姿、誰にも見せられない。智秋は奥歯を嚙みしめ痛みに耐えた。

——檜野さん……。

肩にふわりと載った、温かい腕を思い出した。

『面白いな、お前』

『悪い悪い。でも最高だ。そっか、万年筆か』

十年前、ちんちんが万年筆みたいだと泣いた智秋を、檜野は笑い飛ばした。あの時も檜野は、智秋の肩を抱いてくれた。まるで恋人にするみたいにぎゅっと。ぎゅーっと。

『それでも男には、歯を食いしばってでも壁を乗り越えなきゃならない時があるんだ』

檜野は十年後、智秋が元カレに無理矢理犯されることを予感していたのだろうか。

——まさかね。

痛みで気が遠くなっているのに、なんだろう笑えてきた。

こんなの壁でもなんでもない。

「智秋……智秋、イキそうだよ……ああ」

——檜野さん……。

会いたいと思った。

いちいち上から目線で傲慢《ごうまん》で、だけど底抜けに大らかなあの笑顔が、見たい。

『智秋は可愛いな』

十年も前の声なのに、嫌になるくらいはっきりと覚えている。

顔は忘れていたのにと思ったら、また笑いそうになった。

うっと低く唸って、最奥で芳朝が果てた。

崩れ落ちてくる身体の重みと裏腹に、智秋の心は空虚に凪《な》いでいた。

会いたいと願ったからだろうか。翌日の昼過ぎ、いつものように軒下で自転車のスタンドを立てる音が聞こえて、智秋《ちあき》は少し驚いた。ガタピシと入り口のドアを開き、いつものように「よう」と片手を挙げたところで檜野《ひの》は眉《まゆ》を顰《ひそ》めた。

「お前……」

「いらっしゃいませ」

「いらっしゃいじゃねえだろ。なんだその顔色は。熱でもあるのか」

おそらく微熱くらいはあるだろう。昨夜の暴行の余韻で身体《からだ》中が重苦しい。特に無理にこじ開けられた器官は軽い出血を伴い、今も立っているのがやっとだった。

「昨日はお世話になりました。さっき、徳《とく》さんのところのお嫁さんから一般病棟に移ったと電話がありました」

「そうか。よかった。しかしお前のその顔はちっともよくないぞ。ちゃんと熱、測ったのか」

「大丈夫ですのでご心配なく」

「あのなあ、俺を誰だと思ってるんだ。泣く子がもっと泣き出すと評判の、診療所の檜野先生だぞ」

智秋は思わず噴き出す。なかなか的を射た評判だと思う。しかしそれでもきっと毎日、檜野を慕って多くの患者がやってくるのだろう。

「なんだ、笑う元気があんじゃねえか」

「だから大丈夫だって言ってるじゃないですか」

「にしても、昨日はいろいろとお疲れさんだったな」

「こちらこそ……本当にありがとうございました」

目の前に檜野がいる。

それだけで冷たく凝《こご》った心が、柔らかく解《ほぐ》れていく気がする。

「熱っぽいようだったら診《み》てやるから、店閉めた後にでも診療所に来いよ」

「わかりました。ところで今日は？」

来店の目的を尋ねると、檜野は「あ」と思い出したように頭をかいた。

「そうそう。インクを買いにきたんだった。お前があんまりひでえ顔してるから、忘れるところだったじゃねえか」

言いがかりをつけつつ、檜野は思いがけない色を口にした。

「オレンジ色が欲しいんだ」

「オレンジですか？」

「なんつうかこう、夏みかんみたいな色？　オレンジというよりは黄色か」

「……夏みかんですか」

オレンジにしても黄色にしても、あまり需要のない色だ。インクボトルに入っている様子は美しいが、実際ペンに入れて文字を綴《つづ》ってみると、インクの種類によっては薄すぎて読みづらいこともある。

「何種類か思い当たるものはあるんですけど、すみません、今店に夏みかん色のインクは置いていないので、いずれにしても取り寄せになってしまいます」

「構わない。急ぐわけじゃないから」

智秋がカウンターの下から色見本を取り出すと、檜野はどれどれと覗《のぞ》き込む。

「この色なんか、どうかな」

「そのメーカーのものは、実際に書いてみると、少し蛍光っぽい感じです」

「蛍光はちょっとイメージが違うなあ」

檜野は腕組みをし、うーんと唸《うな》った。

「お前のお勧めはどれだ」

「そうですね、夏みかんに一番近いのは……」

智秋は少し悩んで、海外のメーカーが出しているインクを指した。

黄色とオレンジの中間くらいの色あいで、名前は「サマーオレンジ」。檜野の言う夏みかんに一番近いイメージの色だ。

「サマーオレンジか。名前も気に入った。それにする」

「在庫があるかどうかすぐに確認してみます」

「おう。入ったら連絡してくれ」

「わかりました」

伝票を記入しながら、智秋は何気なく尋ねた。

「アンダーライン用ですか」

「ん？」

夏みかん色のインクでカルテを書くわけではないだろう。しかも染料系ではなくいずれ消えてしまう顔料系だ。

「ああ用途か。一応、手紙……かな」

「手紙？」

思わず聞き返した。誰に、と喉《のど》まで出かかった。

「いいか驚くなよ。俺はこの年まで手紙というものを書いたことがない」

「一度もですか」

「一度もだ」

胸を張って宣言することではなかろうに。

「年賀状も？」

「年賀状は印刷されたものを出していたから無問題」

「でも自分の名前くらい……」

「小学一年生の時、檜野冬都《ふゆと》というはんこを作った」

署名もしなかったのかと呆気《あっけ》にとられながら思い至った。おそらく子供の頃から強烈な悪筆だったため、文字を書くことが苦痛だったのだろう。

「よくそれで通ってきましたね」

「子供の頃は、それはそれは苦労した。やれ丁寧に書けの、ゆっくり書けのと親も先生も毎日ガミガミガミガミ。字なんてのは、読めりゃいいんだ」

「まあ、読めればいいですけど」

檜野の字は、その最低条件すら怪しい。

「大人にはワープロだのパソコンだのという便利グッズがあるからな。大人万歳だ」

「万年筆屋の店先でよくそういうことが言えますね。というか、丁寧に書かないからますます億劫《おっくう》になって、余計下手《へた》になっていくんだと思いますよ」

「なんだその、ラーメンばっかり食べてるとラーメンになっちゃいますよ、みたいな理屈は」

智秋はまた噴き出してしまう。

「檜野さんのペンの持ち方、かなり癖があるから。それを直しただけで少しは……」

「ああもう、説教はたくさんだ」

檜野は本気で嫌そうに、顔の前で両手を振った。その姿がまるで宿題から逃げている少年のようで、智秋の頰《ほお》は完全に緩んでしまう。

この半年、檜野が店に来るたびため息が出た。また来た。何をしに来るんだろうと。会話はぎこちなく、正直なところ対面しているだけで苦痛だった。それなのに今日、自分は檜野が店に入ってきてから何度笑っただろう。死にたくなるようなひどい目に遭って、少し腰を屈《かが》めただけで局部に鈍い痛みが走る。あれからまだ半日しか経《た》っていないというのに。

「でもスーベレーンはなかなかいいぞ。カルテ書くのが苦にならない。うちみたいな場末の診療所は、でかい病院みたいに電子カルテなんてのはないからな」

「それは何よりです」

檜野の視線が伝票を書く智秋の手に注がれている。インクで汚れた指先が恥ずかしくて、紙を押さえた手でそっと拳《こぶし》を作った。

「電話番号、診療所の方にしておきますね」

「なんで隠すんだ」

やっぱり指先を見ていたんだと思ったら、余計に羞恥《しゅうち》がこみ上げてくる。万年筆職人の宿命とも言える指先の汚れ。見慣れていない人にとってはあまり気持ちのいいものではないだろう。

「おれの指、いつも汚いですよね。すみません。洗ってるんですけどもう染みついちゃっててなかなか取れなくて——わっ」

檜野の手が、不意に智秋の手首を掴《つか》んだ。

「バカ。謝ることかそれは」

「ちょっと、檜野さん、伝票……書けない」

「俺はお前の手が大好きだ」

え、と智秋は顔を上げた。

「職人らしい、味のあるいい手だなあと思うぞ。毎日一生懸命仕事をしている男の手だ」

「檜野さん……」

そんなこと、今まで誰からも言われたことがなかった。「指どうしたの？」と尋ねる友達にはいつも「万年筆屋だから」と答えてきた。幸いなことにひとりを除いて、嫌な顔をされたことはなかった。それでも「いい手だ」なんて言われたことは一度もない。

「離してください」

「いいじゃねえか触るくらい。減るもんじゃないし」

「減ります」

「なんだと」

「多分、減る、気がする……から」

言葉がしどろもどろになる。そんな智秋の指先を、檜野は愛《いと》しそうに自分の指でなぞった。

頬が熱い。耳まで赤くなっている気がする。

「俺の指はカンナか」

ガチガチに纏《まと》った智秋の鎧《よろい》を、いとも簡単に削り落としていく。檜野の指は、確かによく研《と》がれたカンナだ。檜野が両手で智秋の手を挟んだ。伝わる温《ぬく》みに泣けそうになる。

この感触には覚えがある。あの夜ホテルで檜野は眠るまで智秋の手を握っていてくれた。かさかさごつごつとしていて決して触り心地がいいとは言えないけれど、触れているとなぜかほっこり安心できる節くれだった手。優しい手。

「智秋くーん」

突然店の扉が開き、隣の八百屋の奥さんが顔を出した。

「あらあら、お客さんが来ているところにごめんなさいね。回覧板、ここに置いとくからよろしくね」

「ありがとうございます」

「今日はまた一段と冷えるわね」

「ほんと、風邪ひかないように気をつけてくださいね。そうだ、あとで大根買いに行きます」

「あら、今夜はおでん？」

「まあ、そんなとこです」

「夕方玄関の方に届けてあげるわね。うちもおでんにしようかしら」

八百屋の奥さんは笑顔で去って行った。檜野と手を重ねていたことには気づかれなかったようでホッとする。

「智秋」

「……はい」

「手首、どうした」

「え、あっ……これは」

しまったと智秋は心で舌打ちする。昨夜芳朝《よしとも》につけられた爪《つめ》の痕《あと》が、シャツの袖《そで》から覗いていた。気づかれないように気をつけていたのに、八百屋の奥さんと話しているうちにうっかり袖が上がってしまったのだ。

「さっきちょっと引っかけちゃって」

「ふうん」

「わりとそそっかしいんです、おれ」

「じゃあ首についてるアザはなんだ」

「えっ？」

背中に冷たい汗が流れた。キスマークがついていないか、今朝念入りに確認したはずだったのに。慌てて両手で首を隠すと、檜野が冷ややかな声で言った。

「嘘《うそ》だ」

「……え」

「何もついてねえよ」

智秋は思わず眉を寄せ、試すみたいなことを言う檜野を睨《にら》んだ。

「なあ智秋、お前、幸せか？」

唐突に、檜野はそんなことを聞く。

「今、幸せか。あの男と一緒に暮らして」

「………」

「自分を裏切った男と、向かい合っておでんの鍋つついて、幸せかと聞いているんだ」

真《ま》っ直《す》ぐな視線が刺さるみたいに痛くて、何も答えられない。

黙って俯《うつむ》くことしかできない智秋に、檜野は吐き出すような声で言った。

「幸せならもっと幸せそうな顔しろよ。お前の辛《つら》そうな顔なんて、俺は見たくない」

「………」

「はっきり言う。お前にそんな顔をさせているあの男を、俺は好きになれない」

智秋はますます深く俯く。檜野の顔を見たら、何か妙なことを口走ってしまいそうで怖かった。だけど俯いたままなのも、また逃げているようで嫌だった。智秋は顔を上げ、下手くそな子役のようにニッと口元を開いてみせた。

「なんだ、その顔は」

「笑顔です。幸せな顔」

「お前は幸せだとそういう顔になるのか。特異体質だな」

智秋は意を決し、目の前の男を見つめた。

「檜野さん」

「ん？」

「どうしておれのことを、いつも、こんなに……」

気にかけてくれるんですかと、はっきり口にするのはやっぱり無理だった。

「どうしてだと？」

ふたりを隔てるカウンターの上に、檜野のため息が落ちる。

「智秋」

「……はい」

「俺にはわからん。お前は本当にただ鈍いのか、それとも鈍いふりをしているのか、バカなのか、バカのふりをしているのか」

「………」

「ある日道に転がって自転車に轢《ひ》かれそうになっている男がいてだ。それがもし昔自分が診た患者だったとしても、悪いがこれ幸いとホテルに連れ込むほど俺は不自由してねえよ。こう見えてわりとモテる。男からも女からも、犬からも猫からも」

「獣医もなさっているんですか」

「なさってると思うか」

「なわけ……ないですよね」

当たり前だ、と檜野はとうとう腕組みをした。

「ったく、お前はいつもいつもそうやってはぐらかしてばっかり。よく考えてみろ。悪筆で名高いこの俺が、恥を忍んでわざわざ万年筆を買いにきた。一生やっかいになることはねえだろうと思ってた何万もする高級万年筆を買っちまったのはものの弾みとしても、製薬会社のロゴ入りボールペンで十分満足してた人間が、足繁く万年筆屋に足を運んでいるという事実の意味するところを、お前は『どうして』とひと言で切り捨てるんだから」

やってらんねえと檜野は首の骨を鳴らした。ばきばきっ、ぼきっという音が狭い店の中に響く。人の骨が発した音とはとても思えない獣じみた音はいっそ小気味いい。獣の食欲を持つ男は、骨まで獣なのかもしれない。

「お前は可愛《かわい》げがなくなった。あの頃は実に素直で愛らしい生き物だったのに……あの可愛げを一体どこに捨ててきた。言ってみろ」

「そんなこと言われても」

「大人になっちまって、可愛くなくなっちまって、せっかく大人のちんちんにしてやったってのに、ちっとも幸せじゃなさそうだ」

「いい加減ちんちんの話はやめてください」

「お前を放っておけないんだ。気になって仕方ねえんだよ。少しは悟れバカ」

「バッ……」

智秋が目を剝《む》いたところで、どこからか妙ちくりんなメロディが流れてきた。チャルメラの音だ。なぜ今チャルメラ？　と訝《いぶか》る智秋の前で檜野が携帯を取り出した。

「はい、檜野です」

チャルメラは檜野の着メロだった。智秋は軽く脱力する。

「……はい……わかりました……ええ、戻れます。十分かからないと思いますのでそう伝えてください……はい……よろしく」

診療所からの連絡なのだろう。檜野は手早く携帯を畳み、ジャケットのポケットに投げ込んだ。

「後ろ髪を引かれる思いだが、帰らなくちゃならない」

「世にも緊張感のない着メロですね」

「いいメロディだ。俺の好きな曲、ベスト2だ」

「ベスト1は？」

「豆腐屋のラッパ」

檜野がニヤリと笑う。だと思ったと智秋も笑った。

「ま、とにかくそういうわけだから」

「インク、入ったらご連絡します」

「ああ。待ってる」

いつものように颯爽《さっそう》と去って行く自転車を見送ったあと、ひとり残った軒先で、さっき檜野になぞられた指先を見つめた。

「そういうわけだからって、言われても……ね」

放っておけないとか、気になるとか、まるで出来の悪い生徒を心配する教師みたいだ。じゃなきゃ遠回しの愛の告白？

——ないない、それはない。

どきんと心臓が音をたてた気がして、慌てて周囲を見回した。行き交う買い物客たち。その向こうで、さっき大根を届けてくれると約束した八百屋の奥さんが「今日はほうれん草が安いよ」と客に話している。

いつもと何ひとつ変わらない風景。二十五年間慣れ親しんだ商店街の風景だ。なのに智秋の鼓動だけが普段と違うリズムを刻む。ドキドキ、ドクドク。

檜野は夏みかん色のインクで、誰に手紙を書くのだろう。今まで一度も書いたことのないという手紙。檜野の初手紙をもらえるのは、一体どこの誰なんだろう。

「字が下手すぎて読めません、とか言われたりして」

憎たらしいひとり言を口にしながら、自分なら檜野の悪筆も解読できるのにと思った。

ぼんやりと、晩秋の午後が流れていく。

檜野の背中が見えなくなっても、智秋は軒下から動くことができなかった。


翌日の夕刻、智秋は徳治郎《とくじろう》を見舞った。一般病棟に移った徳治郎は熱もずいぶん下がり「口だけはすっかりいつも通りよ」と弘子《ひろこ》たち家族を呆れさせるほどに回復していた。好物のプリンを持参すると、徳治郎は大喜びをし「さっそくひとついただくか」と起き上がった。

「いいんですか、起きて」

「なあに、熱さえ下がりゃこっちのもんだ。しかし今回ばっかりは、本当に迷惑かけちまったな、ちぃ坊」

智秋は静かに首を横に振った。

「とにかく大事に至らなくてよかったです」

「一緒にいてくれた診療所の先生、なんて言ったかな……えーっと」

「檜野先生ですね」

「ああ、そうそう。檜野先生だ。あの人がよ、昨日も今日も朝に来てくれてな」

「檜野さ……先生が？」

檜野が徳治郎を見舞っていたとは知らなかった。

「これからはどこか調子が悪いと思ったら、早いうちに診療所に来いと言われたよ」

「それがいいですね」

実は智秋も同じことを進言しようと思っていた。医者嫌いなのは仕方ないとしても、八十代という年齢を考慮すれば、大した症状でなくとも早めに病院に行くに越したことはない。ただ智秋の忠告に、素直に頷《うなず》くような徳治郎ではない。

「俺は医者が嫌いだ」

「ええ、知ってます」

ほーら来たと、智秋は胸の中でため息をついたのだが。

「しかし、檜野先生は嫌いじゃねえ」

「え？」

「あの人はいい医者だ。若いのに、一本ぴーんと筋が通ってやがる」

「はぁ……」

「今時めずらしく男気ってもんを感じる。医者なんぞにしとくのがもったいねえくれえだ」

全国の医師から抗議が来そうなことを言いながら、徳治郎はひとさじプリンを口に運んだ。

「あの時たまたま檜野先生が一緒にいてくれて、すぐにここを手配してくれたんです」

「そうなんだってな。まったく俺としたことが面目ねえこった。さすがに懲りたから、今度っから風邪ひいた時は檜野先生の診療所に行くよ。医者は嫌《きれ》えだが、檜野先生なら仕方ねえ。診られてやってもいいや」

徳治郎はまたひとさじプリンを口に運ぶ。

「そうしてもらえると、おれも安心です」

智秋はプリンのカラメルを口の端に付けてしまった徳治郎に、ティッシュを一枚手渡した。

「万年筆の愛好家だってのも気に入ったな」

「へ？」

「檜野先生だよ。ちぃ坊んとこのお客さんなんだろ？」

「え、ええ、まあ」

「スーベレーンの良さがわかるなんて、なかなかのツウじゃねえか」

「ツウというか……」

そもそも檜野は愛好家ではない。昨日今日でふたりがどんな話をしたのか智秋は不安になってきた。

「檜野先生、何か言ってましたか」

「何かってなんだ」

残ったプリンをスプーンで丁寧にさらいながら、徳治郎は小首を傾《かし》げた。

「いえ、なんでもないです」

「ああそういや、ちぃ坊のこと、ずいぶん昔っから知っていると言っていたぞ。なんでも先生がまだ研修医の頃、ちぃ坊を診たことがあるとかなんとか。文《ぶん》さんからは何も聞いてなかったがよ、ちぃ坊、どこか悪かったのか？」

「え、いや、その」

智秋の不安は的中した。

「ちょっと風邪をこじらせたことがあって。一度だけですけど」

「そうかい。そんな先生と再会するなんて、世の中ってのは狭《せめ》えな」

智秋は曖昧《あいまい》に「そうですね」と微笑《ほほえ》む。

「中学生の頃から可愛らしい子でしたけど、すっかり美男子になりましたね、なんて言ってたな。ほれ、今でいうところのあれだ、えーっと、そうそう、メリケン」

イケメンのことだろうと思ったが、自分で訂正するほどずうずうしくはない。

「智秋くんはすっかりメリケンになりましたねと、檜野先生が褒めていたぞ」

粉まみれになった気分で智秋は「光栄です」と半笑いした。

「それに、いい職人だと言った」

「檜野さ……先生がですか」

「ああ。あの人には人間を見る目がある。澄んだいい目をしてる」

「ずいぶん入れ込んでますね。べた褒めじゃないですか」

「おうよ。こちとらだてに八十二年も生きちゃいねえ。久々に性根の据わった本物の男に会った気がするんだ」

徳治郎の言わんとすることは智秋にもわかる。どこまでも真っ直ぐで強い芯《しん》を持った男、檜野冬都。壮絶に口は悪いがその言葉の端々からは、心根の温かさが見え隠れしている。けど、だから余計に逃げてしまう。檜野の優しさに直《じか》に触れてしまったら、きっと動けなくなってしまうような気がして怖かった。

「徳さん、食べ終わったカップください。帰りに洗って捨てますから。それから羽織り物を着てください。せっかく熱が下がったのにまた上がったら大変ですよ。このカーディガン、弘子さんが編んでくれたんですよね。いいなあ、温かそうで。柄もほら、今風でおしゃれだし」

檜野の話題をさりげなく逸《そ》らしつつ、智秋は徳治郎の肩にカーディガンを掛けた。その手から空になったプリンのカップを受け取ろうとしたのだが、徳治郎はカップを握り締め、離そうとしない。

「徳さん、カップください」

「ちぃ坊」

「はい」

「お前さんは、ちょいと人に気を遣いすぎる」

カップを握ったまま、徳治郎は静かな声で言った。

「えっ……」

「無論人に気を遣うのは悪いことじゃねえ。他人の気持ちを思いやれねえやつは、人間として最低だからな。けどな、ちぃ坊はもうちっとわがままになってもいいと、俺は昔っから思っていた」

「別に気を遣ってカーディガンかけたわけじゃ」

「そうじゃねえ。カーディガンのことじゃねえ」

徳治郎は小さく首を振った。

「お前さん、俺が救急車のご厄介になっちまったのを、自分のせいだと思ってるだろ」

「そっ……」

「思っているが口には出さない。なぜかってえと、ここで『もっと強く病院に行けと言えばよかった』なんて言おうもんなら『ちぃ坊が悪いわけじゃねえ。俺の判断が甘かったんだ。こっちこそ迷惑かけて本当に悪かった』と、また俺に反省の言葉を吐かせることになっちまう。それがわかってるからお前さんは、自分のせいだっていう思いを胸の奥にしまい込んでるのさ。違うか」

「徳さん……」

「責めたってきりがねえのに。そうしてお前さんは自分を責め続けるんだ」

自分や誰かを責め出したらきりがない。徳治郎も檜野と同じことを言う。

「お前は本当に優しい子だよ、ちぃ坊。優しくて気が利く。だから俺は心配になるんだ。文さんが心配していたように」

「祖父《じい》ちゃんが？」

徳治郎は握っていたプリンのカップをようやく手放し、ああと深く頷いた。

「徳さん、うちの智秋はよ、本当は俺に似て頑固で負けず嫌いなんだ。職人気質《かたぎ》ってやつだな。けど両親と早くに別れちまったからか、やたらと周りに気を遣う。子供らしいわがままを言うことが悪いことだと思っちまってる。それが不憫《ふびん》でならねえんだ——文さんは飲むとよくそんなことを言っていた」

知らなかった。無口で無表情で、絵に描いたような頑固職人だった祖父が、そんなことを思っていたなんて。

「本音でぶつからねえと、相手も本気になっちゃくれねえ。時にはなりふり構わず、相手を困らせるくらい自分の気持ちをぶつけてみる経験も、人間には必要なんじゃねえのかな。わがままだ自分勝手だと、非難されるのを覚悟でよ」

「…………」

「こいつになら自分の弱い部分も、情けねえ格好悪い部分も全部晒《さら》せる。そう思える人間には八十年生きてたってそうそう出会えるもんじゃねえ」

徳治郎が誰の顔を思い描いて話しているのか、智秋にはわかっていた。せっかく話を逸らしたのに、結局また戻されてしまった。

「万年筆ってのはな、ちぃ坊、手に馴染《なじ》むまでに時間がかかるんだ。クセのあるやつほど時間がかかる。しかしそうして時間をかけて馴染んだ一本ほど大事なものはない。人生のパートナーだ。前にも言ったことがあったろ」

「……はい」

「誰の手にもすぐに馴染むペンなんてのはねえんだ。馴染んだような気がしているだけで本当は違う。けど多くの人はそれに気づかないまま、手入れのいらねえお手軽で安価なペンを選ぶ。面倒の先にこそ、本当の出会いがあるのによ。もったいねえ話じゃねえか」

「……ええ」

智秋は無意識に、胸ポケットに手をやった。いつもそこに挿《さ》している大切な一本。それは文郎《ふみお》がまだ小学生だった智秋のために作ってくれた万年筆だ。日本中、いや世界中どこにも売っていない文郎のオリジナル作品だ。

文郎からその万年筆を手渡された日のことを、智秋は今でもよく覚えている。その日は智秋の八歳の誕生日で、なんとなくそろそろ誕生日のプレゼントに万年筆をもらえるんじゃないだろうかと感じていた。万年筆職人の孫の直感は果たして的中したわけだが、手渡された黒いペンを見て、智秋は正直ちょっとがっかりした。国内外の様々なデザインの万年筆に囲まれて育った少年の目に、装飾もマークも何もないただの真っ黒な万年筆はひどく地味に、有り体《あてい》に言えば格好悪く映ったのだ。

その頃智秋には欲しい万年筆があった。店のショーケースの隅に陳列されている、海外製の銀色の万年筆だった。十万円以上もするペンだから、もちろん自分が手にすることはないとわかっていたが、キラキラした装飾を施された銀色のボディを見ながらいつも「大人になったらこんなペンを買ってみたい」と思っていた。文郎にもらったペンを見つめ、せめて銀色のボディだったらよかったのにと思った。

ところがその黒い地味なペンは、次第に幼い智秋を魅了した。最初こそぎこちなかった書き心地が日を追うごとに手に馴染んでいくのがわかった。智秋の書き癖に合わせて文郎が微調整をしてくれたおかげもあり、半年も経たないうちに智秋は学校以外の場所で、他のペンをほとんど使わなくなった。もちろん二十五歳になった現在も、あのキラキラ銀色の高級万年筆は手に入れていない。

仕事柄いろいろな万年筆を所有しているが、ふと手が伸びるのはいつもこのペンだった。まるでお守りのように胸に挿し、どこへ行くときも持ち歩いている。味も素っ気もない真っ黒なボディが、近頃ではいぶし銀の輝きを放っていて、いつの間にかついた小さな傷さえも味わい深いものに思えた。

「最初から上手《うま》くいくわきゃねえ。相手に完璧を求めちゃいけねえ。お互いのクセを知り合うんだ。少しずつ譲り合って、時間をかけて、だんだんかけがえのない存在になっていくんだ。見てくれやなんかに騙《だま》されちゃいけねえ。わかるか、ちぃ坊」

それは人とペンの話でもあり、人と人との話でもあった。

「いいペンってのはよ、ちぃ坊、ペンの方もちゃんと人に寄り添ってくれるのさ。人間同士も同じさ」

「……はい」

徳治郎の言葉に、智秋は深く頷いた。

病院のエントランスを出ると日はすっかり西に傾き、街路樹はその影をめいっぱい延ばしていた。アスファルトに落ちた銀杏《いちょう》や紅葉《もみじ》の葉が描く気ままな絵画の上を、智秋は心もちゆっくりと歩いた。さくさくと、ポテトチップスを齧《かじ》るような音を聞いていると、一昨日《おととい》の晩の悪夢を一瞬だけ忘れられた。

寒さに背中を丸めながら、徳治郎の言葉を嚙《か》みしめる。万年筆になぞらえて説いてくれた人との関わり方。生き方。

たったひとつの正しい生き方なんて、多分ない。きっと正しいのだと信じて人はみな日々を生きているのだろうと思う。

――お前はどうしたいんだ、智秋。

足を止め、自分に問いかけてみる。誰も答えてはくれない。自分で答えを出さない限り、きっと一生このままの場所から一歩も踏み出すことはできないのだ。

——そうは言っても……。

ため息をつきながら空を見上げる。

いつ雪が降ってきてもおかしくないような、深い鈍色《にびいろ》が広がっていた。

「智秋?」

確かめるような呼びかけに振り返ると、数メートル先の男が「やっぱ智秋だ」と破顔した。

「俊介《しゅんすけ》?」

「久しぶり」

大股《おおまた》で近づいてくるその姿に、智秋は思わず片手を挙げた。

「ほんとに久しぶりだな。何年ぶり?」

「俺の就職祝いが最後だったから、三年ぶりくらいじゃね? 智秋ぜんぜん変わってねえな」

「俊介も変わんないよ。あ、でも社会人っぽくなった。スーツが板に付いてる」

「老けたと正直に言っていいぞ」

懐かしい友人は、ははははと明るく笑った。

俊介は高校時代の同級生だ。卒業後は大学に進学したが、ひと足先に社会人になった智秋を大学祭やら趣味でやっている野球の試合などに、よく呼んでくれた。芳朝に声をかけられたのも俊介に誘われた大学祭だった。ふたりが同じ学部なのだと、後から聞かされ驚いたことを覚えている。

「実は俺、今そっから出てきたとこなんだ」

俊介が病院の建物を指さすので、智秋は驚く。

「どこか悪いのか」

「違う違う。実はさ、生まれたんだ」

「生まれた？」

「一昨日の夜さ、子供が生まれた。今、営業の途中なんだけど、ちょっと顔見てきた」

「俊介、結婚してたんだ」

ああと頷き、俊介は照れたように笑った。子供は女の子だという。

「おめでとう。ダブルで」

「いやいやいや。どもども。しかしまあ俺に似てなくてさ、超美人さんだ」

臆面《おくめん》もなく言ってのける親バカぶりが、幸せの度合いを表している。智秋は幸せのお裾分けをもらったような気持ちで、しばし俊介の娘自慢に聞き入っていたのだが。

「そういや智秋、芳朝と仲良かったよな。覚えてるか？　篠崎《しのざき》芳朝」

突然出たその名前に、ふんわりとした気持ちが一気に凍る。

「……ああ」

「今も付き合いあるのか」

なんと答えようか一瞬迷ったが、首を横に振ることを選んだ。

「今はあんまり。なんで？」

「いや、実はあいつちょっと前に結婚したんだけど、この間離婚したんだ。半年足らずで」

知っているとも言えず「そうだったのか」と曖昧な返事をする。

「あいつの奥さんとうちの嫁が友達で、いろいろと経緯を聞かされたんだけど、あんまりひどい話だったからさ。智秋なら何か知ってるかなと思ったんだけど」

「ひどい話？」

ああと頷き、俊介は声のトーンを落とした。

「芳朝、とにかく昔っから女の子をとっかえひっかえだっただろ？」

「……え」

聞き違えたのかと、智秋は思わず目を見張った。

「あいつって、ああいう見た目だからどうしたってモテるんだよな。放っておいても女の方から寄ってくる。それは仕方ないことだと思うんだけどさ、さすがに婚約したら浮気はやめろよって話」

「浮気、したのか」

「浮気というかあれはもう病気だね。最初に外泊したの、結婚式の一ヶ月後だぞ？　本人はその都度真剣に好きになるらしいんだけど、とにかくすぐに飽きるんだ。結婚してもそういう癖は簡単には変えられないんだろうな。どんなにモテても結婚したらきっと自分だけを見ていてくれるだろうと信じた自分がバカだったって、奥さん泣いて泣いて」

一体誰の話なのだろう。智秋は呆然《ぼうぜん》とする。俊介の言うことが本当なら、芳朝は自分と付き合っている間、陰で女の子とも付き合っていたことになる。それも何人もの。

俄《にわか》には信じられなかった。しかし俊介はそういったたちの悪い冗談を言ったり、信憑性《しんぴょうせい》の薄い噂話《うわさばなし》を吹聴《ふいちょう》する男ではない。

「奥さん、というかもう離婚したから奥さんじゃないけど、ショック受けて寝込んじゃってさ。だからうちに子供生まれたこともまだ知らせられずにいるんだ。ほんとひどい話だろ」

苦いものを嚙んだように俊介は口を結んで軽く首を振る。智秋は黙って頷いた。

「そっか。智秋、芳朝と今は付き合いないんだな。ちょっと安心した。あの頃お前らがふたりで連《つる》んでるのよく見たから、仲いいんだと思って言えなかったけど、とにかく昔から芳朝は世渡り上手というか、今回の結婚だって彼女を好きになったというより、彼女の親の仕事で決めたんじゃないかって俺たち夫婦は思ってるんだ」

「親の仕事？」

「彼女の実家、会社経営してるんだよ。そんなでかいとこじゃないけど、離婚しなけりゃ、あいつも役員にしてもらえる予定だったらしい」

「そんな……」

「計算高いんだよ。けど多分本人には、計算している自覚がない。自覚のない遊び人というか。気を悪くしないで聞いて欲しいんだけど、あの頃あいつ、智秋のこと『飯食わせてくれる友達』って言ってたんだぜ」

「えっ……」

「失礼なやつだなあと、当時すげー頭にきたことがあった。次々女を替えるわりに、見た目だけで選ぶからみんなネイルアートとかしちゃってて、料理できない子ばっかりでさ、でも智秋は料理上手いから、飯食いたくなったら智秋のとこに行くんだ——みたいなことを俺らの前で平気で言うからさ、神経疑ったよ」

表情を強《こわ》ばらせる智秋に、俊介は「悪い」と頭を下げた。

「そんな昔の話、今さら言われても困るよな。ごめん」

大丈夫だよと笑ってみせたが、頬の肉がうまく動かない。

「そういえば芳朝のお母さんって、元気になったのかな」

母親が病気がちだから早く孫の顔を見せてやりたい。その言葉に心を揺さぶられ、半年前、智秋は別れを決意したのだ。

「元気に？　って、あいつのお母さんどこか悪かったのか？」

「詳しくは知らないけど、前にそんなこと聞いたことがあったから」

「へえ、それは初耳だな」

俊介は、その件については聞いていないと言った。

家路を急ぐ車が、信号待ちの列を作る。赤が青に、青が赤に。進んだり止まったり。交差点を曲がってきた車のヘッドライトが、薄暗い歩道に佇《たたず》む自分たちをほんの一瞬鮮やかに浮かび上がらせる。光の中に、細く長い影ができて。

その瞬間、智秋は悟ってしまった。

芳朝は陰で女の子と付き合っていたんじゃない。陰で自分と付き合っていたのだと。

爪の先まできれいに着飾った女の子が表なら、料理を作って芳朝が来るのを待つ智秋は裏の存在だ。

付き合っていた三年半の間、女の子の影をただの一度も感じなかったと言えば嘘になる。問いつめてみようと思ったこともあったが、意を決する頃にはいつも不安の影は消え、芳朝は自分にだけ微笑みかけてくれているのだと思えた。

だから信じた。信じていようとした。ずっと。

「智秋はまだ結婚しないのか」

俊介の声に、我に返った。

「あ……うん。まだかな」

曖昧に濁すと俊介は「そっか」と頷き、それ以上深くは尋ねてこなかった。今年の年賀状は愛娘《まなむすめ》の写真だと言うので、楽しみにしているよと笑って別れた。

立ち話をしている間に日はすっかり落ち、あたりには夜の帳《とばり》が下り始めていた。さっきまで西日に照らされていた病院の窓には、明かりが灯《とも》されている。

不意に、とてつもない虚しさが襲ってきた。

一昨日の夜、ひとつの命がこの世に生まれた。営業途中の若い父親は娘の顔見たさについ病院を訪れる。

その同じ夜、智秋は芳朝に無理矢理犯された。別れてしまったけれど、あの頃は恋人同士だと信じて疑わなかったのに。その思い出すらも今、音をたてて崩れ去ろうとしている。

何を信じればいいのだろう。何を頼りに生きていけばいいのだろう。

気づくと智秋の足は、檜野の診療所へ向かっていた。薄暗い裏通りに、その診療所はぽつんとある。以前ハンカチを届けに来た時は、思ったより小さな建物で驚いたが、中に檜野がいるのだと思うと今の智秋には砂漠のオアシスにさえ思える。

会ってどうするのか。いや別に会うつもりで来たわけじゃない。

顔を見るだけでいい。けど顔を見てどうするつもりなんだ。

ぐるぐると自問する頭の中とは裏腹に、身体は診療所脇の自販機に隠れたまま一向に動こうとしなかった。頭の中にハムスターがいるみたいだ。全力で滑車を回すけれど、一ミリも前には進まない。

小さな子供を抱えた母親が急ぎ足で診療所に入っていくのが見えた。一分もしないうちに、今度はマスクをしたスーツ姿の男性が入っていく。診療時間はまだ終わっていないのだろう。大きくて温かいあの手で今、檜野は病んだ人々を癒やしている。

『お前を放っておけないんだ。気になって仕方ねえんだよ』

檜野はそう言った。しかし彼にとって「放っておけない」「気になる」人は他にもたくさんいるのだ。大勢の人が檜野を必要としている。

あの手のひらは誰のものなのだろう。診療が終わったら、誰のものになるのだろう。

溢《あふ》れそうになる感情を胸に押し込め、智秋は自販機の陰でこっそりと踵《きびす》を返す。

強くなってきた風が、胸の空洞を前から後ろへと吹き抜けていった。

芳朝が店にやってきたのは翌日の夜のことだった。入り口のシャッターを閉めて振り返ると、スーツ姿の芳朝が立っていた。仕事帰りなのだろう。

「ごめん、智秋」

顔を見るなり、芳朝は深々と頭を下げた。

「謝って済むことじゃないと思うけど」

「よせよ、こんなところで」

周囲にはまだ人通りがある。

「本当にごめん。あの時は俺、どうかしていたんだ」

同じように店じまいの途中だった八百屋の奥さんが、こちらをちらちら見ている。少し悩んで智秋は「後で行くから、駅前のカフェで待っててくれ」と言った。芳朝を部屋に上げる気にはどうしてもなれなかった。

幸いカフェは空《す》いていて、智秋と芳朝は一番奥のひっそりとしたテーブルに向かい合って座った。座るなり芳朝はまた「ごめん」と頭を下げた。

「すごく後悔してる。あんなことしてしまって。智秋の気持ちも確かめないで、暴走した」

「……………」

「お前があの男と一緒だったと思ったら、ついカッとなった。本当に悪かったと思ってる」

芳朝の表情は沈んでいて、本気で後悔しているのであろうことは伝わってきた。

しかしあの晩芳朝がしたことは「暴走」とは違う。相手のことを好きになりすぎて、気持ちを抑えきれずに押し倒したというのなら百歩譲って許せなくもない。けれどあの時芳朝の心を支配していたのは、智秋を取り戻したい、よりを戻したいという純粋な思いではなかった。檜野に取られたくないという歪《ゆが》んだ焦りだ。

付き合い始めた頃のことだ。芳朝が「自分が買おうとしていた限定品のスニーカーを、同じクラスの学生が先に買ってしまった」とひどく腹を立てていたことがあった。あのスニーカーはあいつより俺が履いた方が似合うに決まっていると怒りをぶちまけ、とうとうメーカーから同じものを取り寄せた。

似合うだろ？　ああ似合うよ。当然さ、俺が最初に目を付けていた靴なんだから――そんな会話も、当時はただ甘いだけの日常に埋もれていた。だけど今ふと考えてしまう。最初こそ執心していたスニーカーを、彼は一体何度履いただろう。手に入れたことで満足してすぐに飽きてしまったのだ。芳朝にとって大切だったのは、自分の方が似合うのだと周囲に見せつけることではなかったのか。

自分はあの時のスニーカーと同じ存在なのだ。誰かの手に渡れば腹が立つ。躍起になって取り戻そうとする。けれどそれは愛じゃない。ただの競争心。所有欲。子供じみた独占欲だ。

「芳朝は、おれのどこがよくて付き合ってたんだ」

静かな声で尋ねると、芳朝はなぜそんなことを聞くのだという顔をした。

「芳朝、もともと女の子としか付き合ったことなかったのに、なんでおれと付き合ってくれたのか、ずっと不思議だった」

「完璧？」

「智秋は完璧だったからさ」

思いがけない答えだった。

「智秋は俺の理想だから」

運ばれてきたコーヒーのカップを持ち上げ、芳朝はほんの少し口元を緩めた。

「まず性格がいい。素直で優しい。控えめで、俺のすることにいろいろ細かい口出しをしない。それから外見ももちろん好みだ。男にしておくのがもったいないといつも思う。料理も上手で、何より俺に尽くしてくれるだろ。そんな完璧な女の子、今時日本中探したってどこにもいやしない。智秋が女だったらどんなにいいだろうと思ったけど、そのうち男でもいいと思えてきた。それくらいお前のことを好きになってたんだ」

芳朝の口から滔々《とうとう》と台詞《せりふ》が零《こぼ》れる。

「とにかく智秋は完璧なんだよ。智秋以外の恋人なんてもう考えられない。智秋の傍《そば》が一番落ち着くってことが、結婚してみて痛いほどわかった。今さらだと思うだろうけど、智秋と別れて結婚したこと、本当に後悔しているんだ」

ほのかに湯気をたてるコーヒーの水面を、智秋はただじっと見ていた。

芳朝の言葉のひとつひとつが、なぜだろうとても遠くに聞こえる。褒められているのに褒められている気がしない。まるで心にラップが張りついているように窮屈で息苦しかった。

理想とか完璧とか。日本語なのに日本語じゃないみたいだ。

どこか遠くの、知らない国の知らない言葉。

「悪いけどおれは——」

ひとつ大きく息を吸って、智秋はようやく口を開いた。

「そんな都合のいい男じゃないよ」

「都合がいいなんて言ってないだろ」

芳朝は真剣な眼差《まなざ》しだ。自分の発した言葉のひとつひとつが、智秋の心を凍えさせていることに気づいていないのだ。芳朝の目を見ているうちに智秋は悟った。彼が気づくことはないだろう。今もこれからも。多分一生。

「恋人が浮気しようが結婚しようが、帰ってくるのをただじっと待ち続けている、おれはそんな便利な男じゃない」

「便利って、何言ってんだよ。俺は智秋は完璧だって——」

「お母さん、元気になったのか？」

「え？」

芳朝は、虚を衝《つ》かれたように瞬《まばた》きをする。

まるで邪気のないその顔に、智秋は最後の砦《とりで》が崩れていくのを感じた。

自覚がないのだと俊介は言った。きっと今も芳朝には、智秋の気持ちなど見えていない。

泣き落として説得すればよりを戻せると信じているに違いない。

「お母さんに孫の顔見せたいからって、お前あの時言ったよな」

そこでようやく芳朝は表情を硬くした。

「あんなふうに言われて、お前を責めることなんてできなかった。だけど本当は苦しかったし悲しかった。飲んだくれて道路に寝てしまうくらい、めちゃくちゃ傷ついたよ」

「…………」

「あの日お前が家の前に立っていて……もう一度会うことがあったらきっとぶん殴りたくなるだろうと思ってたのに、全然違った。正直に言えば、憎らしさよりも会えた嬉《うれ》しさがずっとずっと大きかった。情けないけど」

胸につかえていたものを吐き出し始めたら、止まらなくなってしまった。

「あれからおれは迷っていた。お前と前みたいな関係に戻りたいのか、戻れるのか。お前はどうなんだろう、本気でおれとやり直そうとしているんだろうか――ずっとずっと考えていた。だけどようやくわかった。おれはお前の理想の男なんかじゃない」

「智秋……」

「おれは完璧なんかじゃない」

智秋はインクの染みついた指をテーブルに載せた。

「芳朝、おれの指先がいつも汚れてるの、嫌だろ」

「そ、んなこと」

言い澱《よど》む芳朝の視線がゆらりと揺れた。不意に本音を指摘された焦りだろう。

「いいんだ。おれ自身も正直あんまり好きじゃない。汚いよりはきれいな方がいいに決まってるし。だけど今の仕事してる限り、完全には取れないんだ」

「そんなことわかってるよ。仕事なんだから仕方ないだろ。もうとっくに諦《あきら》めてるよ」

『ねえ智秋ってさ、手、洗ってる?』

『インクってそんなに落ちないものなのか』

付き合いが深くなるにつれ、そんな台詞は確かに減っていったが、それでも芳朝が智秋の指を気にしていることはわかっていた。仕方がないと諦めることは優しさではないのかと聞かれたら、智秋には答えられない。きれい好きで完璧主義の芳朝にとっては、諦めたふりをすることが最大の譲歩だったのかもしれない。

けれど智秋は出会ってしまった。諦めるんじゃなく、それを好きだとまで言ってくれる人に。インクの染みこんだ指先は誰の目にも決してきれいなものではない。自分でも好きになれないその指先を、あの人は職人らしいいい手だと言ってくれた。

「許すよ」

深呼吸しながら、智秋は真っ直ぐ芳朝を見た。

「この間の夜のことも、おれに嘘ついて他の人と結婚したことも、全部忘れるから」

「俺がいつ嘘ついたっていうんだ。智秋は何か勘違いしている。あの頃は母さん、本当に具合がよくなかったんだ」

勘違いだったらいいのにと、智秋も思う。

『相手に完璧を求めちゃいけねえ。お互いのクセを知り合うんだ。少しずつ譲り合って、時間をかけて、だんだんかけがえのない存在になっていくんだ』

徳治郎の言葉が脳裏にこだまする。

いつもスマートで格好良くて優しくてワインと大福と恋愛映画が好きで、スポーツを観るならサッカーが一番。びっくりするほど趣味が合うよねと、自分たちの奇跡的な相性をふたりで絶賛した。

けど、それ以上の芳朝を智秋は知らない。

芳朝はどんな顔をして泣くんだろう。辛いことがあった時、どんなふうに乗り越えてきたんだろう。人に傷ついた時、傷つけた時、どうやって己と闘ってきたんだろう。三年以上も付き合ってきたのに、何も知らない。彼の好みのレストランや洋服のブランドなら、ひとつ残らず言えるのに。

自分は芳朝の片面しか見ていなかったのだ。言い換えれば芳朝は、智秋に自分の片面しか見せてこなかった。智秋の知っている芳朝は血の通った立体じゃなく、美しい部分だけを貼り合わせた平面だ。寄り添おう、心を添わせようとしても、決して形を変えない硬い平面。

そしておそらく芳朝も同じように、智秋の片側だけしか見ていない。

「これっきりにしよう」

「智秋！」

「もう二度と、会わない」

「そんな勝手な」

「勝手なのはどっちだよ」

突然結婚してしまった。突然帰ってきてよりを戻そうという。

踏みにじられた智秋の気持ちなど、芳朝にとってはどうでもいいのだ。

言いくるめて納得させて、智秋の手料理を笑顔で食べる。その同じ笑顔を女の子たちにも振りまくことに、心の痛みを感じない男——もうたくさんだと思った。

「やっぱりあの医者か」

「違う」

「あの男と付き合ってるから、俺とやり直そうとしないんだろ」

虚しい堂々巡りをしてまで、芳朝は何を取り戻そうとしているのだろう。

「だったらどうだっていうんだ。お前は一方的におれに別れを告げて、他の女性と結婚したんだ。おれはお前に振られたんだぞ。誰と付き合おうが誰と寝ようが、おれの自由なはずだ。おれは……お前のために都合良く動く駒じゃない」

財布から千円札を取り出しテーブルに置いた。

「元気でな」

「智秋……」

信じられないものを見るように、芳朝が表情を引きつらせている。

「さよなら、芳朝」

「智秋、ちょっと待てって。もう少しちゃんと話し合おう。な？」

智秋は立ち上がり、首を横に振った。話し合うことなどもう何もない。

「智秋、待てって！　智秋！」

芳朝の声を背中で聞きながら店を飛び出した。

大好きだった男の優しい微笑みを思い出さないように、夜道を全力で走った。

走りながら「さよなら」と呟《つぶや》くたび、白い息が夜空へと吸い込まれていく。この息のようにきっといつか、ふたりで重ねてきたたくさんの思い出もすべて消えるのだ。そう思ったら夜空が滲《にじ》んで、智秋は限界までスピードを上げた。

サマーオレンジのインクが入ったのは、それから一週間後のことだった。連絡を入れれば檜野が取りにくる約束になっている。

あれから檜野は店に来ていない。冬の訪れを告げるように先週あたりからインフルエンザが流行りだして、この界隈《かいわい》の病院はどこも混《こ》んでいて大変よと、八百屋の奥さんが言っていた。檜野の診療所もきっと連日患者でいっぱいに違いない。

夜八時、店のシャッターを閉めながら智秋は思った。折しも空からは冷たいみぞれが落ちてきた。雪になったら、自転車でここへ来るのは危ない。

「檜野さん、結構スピード出すから」

医者が滑って転んだりしたら洒落《しゃれ》にならない。

ふと、届けに行ってみようかと思った。

檜野のことだ、この時間はまだ仕事中だろう。

——迷惑だろうか。

終わるのを待っていて手渡すくらいなら、そう迷惑にはならないんじゃないだろうか。しばらく迷った智秋だったが、意を決してインク瓶の箱をポケットに突っ込んだ。

夜八時を過ぎていたが、案の定待合室にはまだ明かりが点《つ》いていた。檜野は一日に一体何人の患者を診ているのだろう。精神的にも体力的にも大変であろうことは想像に難くない。なのに短い昼休みには、愛車の自転車に跨《また》がり隣町の小さな文具店までやってくる。働き盛りとはいえ、智秋でなくても心配になる。

先日は隣の自販機のところで回れ右してしまったから、診療所に足を踏み入れるのはこれで二度目だ。智秋は差してきた傘を閉じ、緊張に身を硬くしながら入り口の扉を開いた。

「ごめんなさい、今日の診察はもう終わりなんです」

年配の看護師が、受付の窓口から顔を出した。

「あ、いえ……すみません、診察じゃないんです」

「え？」

不審そうな看護師の顔に、智秋の胸は早くも後悔でいっぱいになる。やはり週末まで待てばよかった。でなければ、明かりが消えるまで外で待っていればよかった。

「あの、檜野先生に、届け物を」

「届け物？　お約束ですか？」

「いいえ、約束は、してないんですけど」

「先生はまだ診察中なので、お名前お伺いしてもよろしいでしょうか」

診察室に残っていた二、三人の患者が、智秋に視線を向けた。具合が悪いわけじゃないのに何をしにきたんだろう。そんな視線に感じられていたたまれなくなる。

「いいえ、あの……すみません」

焦りまくった智秋が「やっぱり帰ります」と言いかけた時、診察室のドアが開いた。

「智秋」

ぬっとでかい影が現れた。

「檜野さん」

「どうしたんだ。お前、こんなところに」

「あの、おれは、その」

患者たちの視線が気になってしどろもどろになる智秋に、檜野は厳しい顔で「こっちに来い」と手招きをした。通路の片隅で智秋は「すみません」と頭を下げた。

「届けようと思って」

これ、とポケットから取り出したインク瓶を見るや、檜野の表情が和らいだ。

「今日入荷になって……だから」

「わざわざ届けにきてくれたのか」

「すみません」

「なんだ、そうだったのか。驚いた」

「本当にすみませんでした」

「さっきから何謝ってんだ」

智秋が顔を上げると、檜野はまた怖い顔になっていた。

「こんな時間に診療所に来たら、どっか具合が悪くなったのかと思うだろーが。まったくお前は、俺をびっくりさせるのが趣味なのか」

コツンとおでこを指で弾《はじ》かれた。

「もう少しで終わるから、上で待ってろ」

「え？」

「二階が俺の家になってるんだ」

そう言って檜野は、通路の突き当たりを指した。

「でも……」

「上がって勝手にお茶でも飲んでろ。ほらこれ」

手渡されたのは、鍵だった。

「そこのドア開けると外に階段がある。上ったところが玄関だ。三十分以内には終わると思うから勝手に帰るなよ」

「ちょ、ちょっと、檜野さん」

「絶対に待ってろよ。いいな」

「檜野さんっ」

小声で呼び止める智秋を無視し、檜野は急ぎ足で診察室へ戻ってしまった。

主《あるじ》のいない部屋にひとりで入るのは気が引ける。かといって待合室にいても迷惑になりそうだ。次の患者が呼ばれる声を聞きながら、智秋は仕方なく通路の奥にあるドアを開け、二階へと続く外階段を上った。

二階は、マンションの一室のような居住スペースになっていた。広くも狭くもないごく普通の玄関を入り、ごく普通のキッチンを右手に見ながら歩くと、ごく普通のリビングに辿《たど》り着いた。もっと散らかっているんじゃないかと想像していたが、思ったよりずっとシンプルに片づいていた。というより極端に物が少ない。おそらく日用品を買う時間も、部屋を散らかす暇もないのだろう。

毎日この時間まで働いていたら、趣味を持つことさえ難しいかもしれない。智秋はポケットからインク瓶を取り出し、何も載っていないリビングのテーブルにコトリと置いた。

檜野の毎日を想像する。朝は洋食だろうか、和食だろうか。そもそもちゃんと食べているんだろうか。昼は食べられないことも多いと言っていた。そして時折、居酒屋の店員が腰を抜かすほどどか食いをするのだ。お世辞にも健康的とは言えない暮らしぶりだ。

恋人はいないのだろうか。檜野の健康を案じ、あれこれ世話を焼いてくれる優しい恋人。

「いなさそう……かな」

気持ちいいくらい殺風景な部屋に、女性の気配はこれっぽっちもなかった。

少し安心して、それからすぐ、なんで安心しているんだよと自分に突っ込んだ。

リビングの隅には、難しいタイトルの分厚い本がたくさん並んだ本棚がある。その横には仕事用だろうか、木製の机が置かれていた。

檜野はまだ上がってくる気配がない。智秋は何の気なしに机の方へ向かった。

「カーテン、閉めた方がいいよな」

開けられたままのカーテンに手を掛けた時だ。

ふと視線を落とした机の上に、最近見慣れたクセのある文字を見つけた。

なんだろうと思って顔を近づけ、智秋はハッと息を呑む。

——手紙。

コピー用紙に数行だけ書かれたそれは、明らかに檜野が誰かに宛《あ》てた手紙だった。鉛筆書きなのは、多分下書きだからだ。

見てはいけない。檜野のプライベートな手紙だ。見てはいけない。読んではいけない。

智秋はぎゅっと目を閉じる。

――でも……。

きっとこの下書きを、今テーブルに置いたばかりのサマーオレンジのインクで清書するつもりなのだろう。

下書きをするほど大切な手紙なのだ。下書きをするほど大切な相手なのだ。

ダメだと心で繰り返しながら、しかし智秋は目を開いた。

そしてそこに綴られた無骨な文字に凍り付く。

【京夏《きょうか》、元気か】

悪筆の檜野が、精一杯丁寧に綴った下書きは、そんな一文で始まっていた。

【俺は相変わらず毎日忙しい。

この間、お前の好きだった夏みかんみたいな色のインクを買ってみた。

サマーオレンジっていう色だ。もうすぐ届くらしいから楽しみだ。

京夏もきっと気に入ると思うぞ。

お前の好きなものは、俺にはだいたいわかるんだよ。

なあ京夏、会いたいな。お前も俺に会いたいだろ――】

バチン、と電気を消すように智秋は目を閉じた。けどそれはいけないことをしているという意識からではなくて、これ以上読みたくないという身勝手でわがままな感情からだ。

京夏。きょうちゃん。

あっ、と智秋は口元を押さえた。

『きょうちゃんのこと、まだ忘れられないのか』

寺尾《てらお》という医師が口にした名前。一瞬にして曇った檜野の表情が脳裏に蘇《よみがえ》る。

間違いない。檜野が書いていたのは恋文だ。

京夏という女性に宛てた、ラブレターだったのだ。

「ははっ……」

乾いた笑いが漏れた。バカみたいだと思った。

檜野がインクを注文しに来た時、智秋はサマーオレンジのインクが「智秋へ」と綴るのをぼんやりと想像した。もちろんそんなわけはないとわかっていたけれど、あの解読不能な悪

筆で書かれた自分の名前を思い浮かべ、ふとにやけてしまったりした。

なんのことはない、望んでいたのだ。檜野が初めて手紙を書く相手が、自分であればいいのにと。でなければこんなにショックを受けたりしない。ぎゅっと強く目を瞑《つぶ》ったら、軽い目眩《めまい》を覚えた。

へたり込みそうになる弱い心を叱咤《しった》し、智秋は檜野の部屋を出た。

途中で傘を忘れてきたことに気づいたけれど、戻る気にはならなかった。

振り向かずに歩く。どんどんどんどん。みぞれの積もった道路は靴底で踏むたび、しゃりしゃりぴしゃぴしゃと溶けかけのかき氷みたいな音をたてた。かき氷のシロップはインクに似ている。イチゴは鮮やかな赤、メロンは蛍光がかったグリーン。子供の頃かき氷にインクをかけようとして、文郎を慌てさせたこともあった。

バカで惨めで格好悪い自分には、こんな冷たいみぞれがお似合いだと思った。イチゴやメロンじゃなく、泥と混じった茶色いシャーベット。誰も食べようなんて思わない。

出がけに慌てて履いてしまったコンバースのスニーカーに、泥水が染みこんで足先が凍える。冷たくて痛くて叫びたくなるけれど、涙は出てこない。きっと今の自分は声も出ないのだろう。

とてつもない勘違いをしたものだ。思い上がりもここまでくると、もう笑うしかない。自分だけは檜野の特別なのかもしれないとどこかで思い込んでいた。檜野に大切にされているのかもしれないと。だからこそ憎まれ口を叩《たた》きながらも、檜野に会いたくて仕方なかった。温かく大きな手のひらで触れられたから。優しくされたから。

甘ったれていた自分を、後ろから蹴り飛ばしたくなる。

医者なんてみんな、それが仕事なのに。

十年前の、あの時の医師だったと知って動揺したけれど、いつしかそれが智秋の心を楽にしていた。一番格好悪い自分を知られているのだから、檜野の前では取り繕う必要がない。

芳朝には最後まで真性包茎の手術をした過去を話せなかった。そんなことを知ったらきっと芳朝は幻滅する。気持ちが冷えて自分から離れていってしまうかもしれないと思ったのだ。

完璧じゃない自分。ダメな自分。

それでも檜野が店に来てくれたのはなぜなのだろう。

――セックス……とか。

身体がよかったからだろうか。ふと浮かんだ理由に、智秋は妙に納得した。

そして二秒後には、きっとそうに違いないと思えてきた。

ゆるゆると、智秋は足を止めた。

男は時々、身体と心がバラバラだったりする。ある日道路に転がっている男を拾ってみたら、偶然昔診たことのある患者だった。せがまれて抱いてみたら思いのほかよかった。好きな女性は他にいるけれど、あれはあれでなかなか気持ちがよかった。

できればもう一度。

檜野はそう考えたんじゃないだろうか。

きっとそうだ。そうじゃなきゃ自分のような何の取り柄もない男に、こんなに関わろうとするはずがない。

薄暗い路地の薄暗い外灯の下、突然突きつけられた真実に智秋の足は完全に止まった。

——戻ろうかな。

不意に浮かんだ考えに、我知らず震えた。

戻って何食わぬ顔でソファーに腰かけ、仕事を終えて上がってきた檜野を誘うのだ。

愛なんてなくても、檜野のぬくもりに抱かれることができるならそれでいい。

たとえ一瞬でもこの虚しさから解放されるのなら、あの低い声で「智秋」と囁《ささや》いてもらえるのなら、愛なんかなくても。

檜野の心に智秋はいない。檜野の心にいるのは京夏という名の女性。

わかっている。だけど、それでもいいからもう一度だけ抱かれたいと思った。

智秋はゆっくりと踵を返し、今来た道を戻り始めた。その時。

「やーっぱりここか、智秋」

歌うような甲高《かんだか》い声が、人通りの少ない裏路地に響いた。

驚いて振り向くと、すらりと背の高いシルエットが外灯に照らされていた。

「芳朝……」

「智秋ん家《ち》の前で待ってたんだけどさ、なかなか帰ってこないから迎えにきた。ここじゃないかなあと思ったら、やっぱり当たってた」

芳朝はクスクスと可笑《おか》しそうに笑った。

ろれつが怪しい。まだこんな時間だというのに、また酔っているのだろうか。

「あいつのところに行くんだろ？」

「………」

「なあ、そうなんだろ、智秋」

しゃりしゃりとみぞれを踏みしめ、芳朝が近づいてくる。右に左に身体を揺らす姿に、智秋は眉を顰めた。

「智秋、ちーあーき」

千鳥足で笑う芳朝。一歩二歩と、智秋は後ずさった。

「なあ、智秋って……うわっ」

みぞれに足を取られた芳朝が、派手に転んだ。したたかに地面に腰を打ちつけるのを見て、智秋は思わず駆け寄る。

「芳朝！」

「痛《い》ってて。あはは、腰が痛い」

「大丈夫か。怪我は？」

「あ、智秋だ。智秋がいる」

芳朝の息は強烈に酒臭かった。目は赤く濁り、今にもどろりと溶け出しそうだ。

「智秋ぃ、愛してるよ……愛してる」

「……芳朝」

「智秋は俺のものだ。誰にも渡さない」

「ちょっと待っ、あっ」

首に回された両腕に引き寄せられ、智秋は芳朝の身体に覆い被さるように倒れ込んだ。

あの夜の恐怖が蘇る。

智秋、智秋と酒臭い息を吹きかけられながら、無理矢理犯された夜からまだ日は浅い。

「離せ！」

渾身《こんしん》の力で突き放す。芳朝は濡《ぬ》れた路上にくったりと転げながら、またクックッと笑った。

笑いながらしかし、智秋の右腕を摑んで離さない。

「智秋ぃ……お前、変わったなぁ。前はあんなキツイこと言うやつじゃなかったのに」

「離せ、って」

「やーだ、智秋は俺のものだ。だからこれは俺の腕」

「芳朝！」

絡んでくる芳朝の腕を振り払い、智秋はようやく立ち上がった。泥水を含んだジーンズがずっしりと重い。重くて冷たくて、まるで今の自分の心のようだ。

「おれはお前のものじゃない」

吐き出すように告げた。

「おれたちはもう終わったんだ。もう会わないと言ったはずだ」

「智秋は変わった。あいつのせいで」

「芳朝……」

「あいつのせいで、智秋は俺に冷たくなった」

変わってしまったのはお前の方だ。言いかけてふと言葉を呑んだ。

確かに自分は変わったのかもしれない。

別れを告げた方も告げられた方も、その瞬間から少しずつ心の形を変えていく。傷を癒やすために。新しい暮らしを受け入れるために。時を経て元に戻ろうとしても、互いの気持ちはもう寄り添っていた頃の形ではない。心の形だけではない、匂いも体温も肌の感触も、何もかもがもう以前のそれとは違っているのだ。

「戻れないんだよ、芳朝。もうおれたちは元には戻れない。どうしてわかってくれないんだ」

静かな声で語りかけると、半ば閉じかけていた芳朝の目がゆっくり開いた。

瞳の奥に深い闇《やみ》がある。ぞっとするような暗い色。

「……に、いく」

ぼそりと吐き出された言葉は、ばたばたと激しく落ちてくるみぞれの音にかき消される。

電柱に手を掛け、よろよろと立ち上がった芳朝は、もう一度同じ言葉を繰り返した。

「あいつを……刺しにいく」

今度ははっきりと聞き取れた。

「さしに……？」

訝る智秋の前で、芳朝がコートのポケットに入れていた右手を出した。その手に握られているのがナイフだと気づくのと、「さしに」が「刺しに」だと繋《つな》がったのはほぼ同時だった。

あいつを刺す。その意味するところに智秋は凍りつく。

「やめろ！」

叫んだ瞬間、芳朝は恐ろしい勢いで走り出した。

向かう先にあるのは檜野の診療所だ。智秋は無言で芳朝の後ろ姿を追った。

――ふざけるな！

こみ上げてくるのは、恐怖を遥《はる》かに凌駕《りょうが》する怒り。

「芳朝、やめるんだ」

よろけながら走る芳朝に追いつくや、智秋はその肩を摑んだ。

「うるさい」

「やめろ」

足を止めない芳朝の前に回り込む。

「なに考えてんだ。バカなことするな。それ、寄こせ」

ナイフを取り上げようと伸ばした手を、芳朝はするりとかわす。

「智秋は変わった。前はそんなふうに怒鳴ったりしなかった」

ぶつぶつとひとり言のように呟きながら、芳朝は自分の目の前にナイフを翳《かざ》し、折りたたまれていた刃を出した。

「芳朝！」

止めなければ。それだけを考えていた。

怖いとも危ないとも思わず、断じて芳朝をこの先に進ませはしないと思った。

「寄こせ」

「ダメ。智秋はあっちに行ってろ」

「ナイフを離せ！」

「うるさい！　なんであいつを庇《かば》うんだ！」

芳朝がナイフを持った手を振り上げた。

——今だ。

一瞬の隙《すき》を突いて芳朝の手首を摑んだ——つもりだった。

「……ッ」

鋭い痛みが手のひらに走る。握り締めているのが手首ではなく、ナイフの刃だと気づくのにそう時間はかからなかった。

「智秋、お前」

芳朝の顔から色が消える。

「ナイフ、寄こせ」

「智秋、血が……」

「早く寄こせって言ってるだろ！」

腹の底から怒鳴ると、芳朝の身体がびくりと震えた。柄を握っていた力が抜け、ナイフはようやく智秋の手に渡った。

——よかった……よかった。

これで檜野は刺されない。

「ち、智秋……大丈夫か」

芳朝の声が震えている。智秋はゆっくりとナイフを握り締めた手を開いた。

「あっ……」

手のひらがぱっくりと裂け、夥《おびただ》しい血液が左手を真っ赤に染めている。流れ出た血は手のひらから溢れ、足下にぼたぼたと落ちた。

インクのように鮮やかな赤に、ぐらりと目眩がした。

「智秋！」

叫んだ芳朝の声に、遠くから飛んできた声が重なる。

「智秋！」

叫びながら猛スピードで駆けてきた黒い塊《かたまり》は、立ち尽くす芳朝を体当たりではね飛ばし、血に濡れた智秋の手首を摑んだ。芳朝の身体がブロック塀に叩きつけられる音がした。

「手を上に上げろ。心臓より高く」

大丈夫かもなく、檜野はポケットからハンカチを取り出し傷の上に強く巻き付けた。

「檜野さん……どうして」

「手だけか？　他に傷はないか」

多分と答えると檜野は頷き、智秋の身体をひょいと抱き上げた。

「ちょ、っと」

「手を上げていろと言っただろ。動くと出血がひどくなる。おとなしくしてろ」

言うなり檜野はすたすたと歩き出したが、数歩進んだところで足を止め後ろを振り返った。

「おい」

檜野が声をかけたのは、路上に呆然と尻餅《しりもち》をついている芳朝だった。

「たまたま俺は医者だ。だからまずは目の前の怪我人を助ける。けどもし医者じゃなかったら智秋を医者に任せて、俺はお前をぶっ殺しただろう。俺が医者でよかったな」

芳朝は答えず、うな垂れたまま微動だにしない。

「お前は智秋の心だけじゃなく、身体まで傷つけた。俺はお前を許さない。一生。智秋が許すと言っても俺は許さない」

檜野の声は低く重く、降り注ぐみぞれより冷たかった。

「ここでお前を殺しても智秋が苦しむだけだから、命だけは助けてやる。けど今度智秋の前に現れたら、そん時は生きて帰れると思うなよ。智秋がどれだけ傷ついたか、みぞれに打たれて思い知れ、クソ野郎」

およそ医師とは思えない台詞を吐き、檜野はまた歩き出した。みぞれの音に混じって、芳朝のむせび泣く声が聞こえた。

「痛むか？」

「……いえ」

「嘘つけ」

確かに嘘だった。檜野の顔を見た途端、安堵《あんど》からか智秋の左の手のひらは猛烈な痛みに襲われていた。すべてお見通しとみえて、檜野の歩調は大股から小走りになる。

「もう少しだから我慢しろよ。すぐ手当してやるからな」

「ご迷惑おかけして……すみません」

「しゃべるな」

芳朝が檜野を刺そうとした。何の関係もない檜野を。じわじわと胸に湧《わ》いてきた恐怖が、智秋の胸を締め付けた。

「すみません……本当にすみません」

「それ以上しゃべったら、口、塞《ふさ》ぐぞ」

檜野の息が上がっている。壮絶な申し訳なさに翻弄《ほんろう》されながら、智秋は檜野の腕の中で強く目を閉じた。


診療所はすでに無人だった。最後の患者の診察が終わり、看護師も受付の女性も帰ったのだろう。診察室にはまだ微《かす》かなぬくもりが残っていたが、檜野は真っ先に暖房を入れた。ごうごうと暖気を吐き出すエアコンの下で智秋の濡れた服を脱がし、患者用と思《おぼ》しき毛布で冷え切った身体をくるんだ。

寒さで歯の根が浮く。カタカタカタと情けない音が無機質な診察室に響いた。

檜野は刺されなかった。よかった。本当によかった。ただただその思いだけだ。診察室に入ってようやく周囲を見回す余裕が生まれた。

病院という場所は今でも苦手だ。子供向けに正義の味方のアンパンだとか、製薬会社のゾウなんかが可愛らしく並べられていても、苦手な気持ちは一グラムも減らない。

「そこ、座れ」

診察用の丸椅子を指し、檜野は器具の準備をする。カチャカチャという金属音を聞きながら、智秋は椅子に腰を下ろした。薄暗い路地でははっきり見えなかったが、傍《かたわ》らに脱ぎ捨てられた衣服には結構な量の血がついている。特にシャツの袖口は、流れ出た血で真っ赤に染まっていた。

「指は動くか」

檜野が尋ねる。智秋は頷き、五本の指を動かしてみせた。

「感覚はちゃんとあるか」

「大丈夫です」

神経が傷ついていないとわかり、檜野は少しほっとした様子だった。

「残念なお知らせだ。ちょっと縫わなきゃならない」

やっぱりと智秋はうな垂れた。予想していたとはいえ、宣言されると恐ろしくなる。

「何針ですか」

「十針くらい」

「十……」

全然ちょっとじゃないじゃないかと心の中で泣き言を言った。トレーに載せられた注射器から、思わず視線を逸らした。

「注射、嫌いなんだよなぁ智秋は」

注射がたまらなく好きという人がいたら、おそらくマゾヒストか変人だ。

「俺の万年筆――スケルトンの、見る時お前、ちょっと嫌な顔するだろ」

「そ、そうでしたっけ」

「なんでだろうと思ってたけど、ある時気づいた。ああこいつはまだ注射が嫌いなんだなってさ。スーベレーンのデモンストレーターって、ほんと注射器に似てるもんな」

檜野は何もかもお見通しだったらしい。

否定する気力もなく、智秋は黙ってうな垂れた。

「逃げるなよ」

逃げ出せるものなら逃げ出している。手から血を流し、全裸に毛布を巻いた男が町を疾走していたら間違いなく通報される。

檜野が麻酔の注射を手にした。智秋はぎゅっと目を閉じ、唇を噛みしめた。

「あの時と同じ顔だ」

「あの時？」

「手術の時だ。真性包茎の」

「具体的に言わなくて、いいです」

消毒液が、少し傷に沁《し》みた。

「ぷるぷる震えてて、すげー可愛かった。今も震えてる」

「さ、寒いから——いっ」

チクリと針が刺さる感覚に、智秋は身体を強ばらせた。

「いきなり……まだ心の準備が」

「準備してたら痛くないのか」

チクリ、チクリ、チクリ。

四ヶ所目くらいからはもう、傷の周りがぼうっと痺《しび》れて感覚がなくなった。

「そっち向いてろ。手のひらに針がぶっすり刺さるとこなんて見たくないだろ」

「そういうこと言わないでください」

「すぐ終わるからな。ちょっと我慢しろよ」

励まされているのか脅されているのかわからない。

引き攣《つ》れるような鈍い痛みと、カチャカチャという器具の音。

懐かしさと切なさが、同じ速度で智秋の胸を過《よ》ぎる。

「なあにが心の準備だ。だいたいな、お前は心の準備をしすぎる」

手を動かしながら、檜野が言う。

「あれこれ考えすぎて、心の中に余計な恐怖を育てちまうんだ。何にも考えねえでバーンと勢いでぶち当たった方が、上手くいくことだってあるのに」

徳治郎のようなことを言いながら、檜野は早くもガーゼをつまみ上げた。

「あの……終わったんですか」

「ああ終わった。お疲れさん」

思っていたよりずっと早く終わった。

「縫合の早さには自信があるんだが……ちょっとそこ、手首んとこ押さえててくれ」

「……はい」

縫合は得意だが包帯を巻くのは苦手らしい。いつも看護師さんにやってもらっているからと言い訳しながら、それでも檜野はなんとか手当を終えた。自分で巻いた方がマシかもしれないと思うほどの出来映えに、ガチガチだった全身の力が抜けていく。

いつの間に沸かしていたのか、檜野が湯を張ったたらいを持ってきた。

「これに足をつけろ。少しは温まる」

「……すみません」

「今すぐ風呂に放り込みたいところだが、傷が傷だから今夜は無理だな」

そう言って檜野は診察室を出て行った。もうもうと湯気を上げるたらいに冷え切った両足を浸すと、温度差に足先がぴりぴりした。風呂に浸《つ》かったような心地よさが、つま先からじわじわと上がってくる。

「それからこれを飲め」

足湯の気持ちよさにぼうっとしていると、大きなマグカップを手にした檜野が戻ってきた。脇にはジャージのようなものを抱えている。

「ホットミルクだ。とにかく早く温まれ」

自分のためにわざわざミルクを温めてきてくれたのだと思ったら、思わず頭が下がった。

「すみません……ありがとうございます」

「熱いから火傷《やけど》すんなよ」

「……はい」

怪我のない右手でカップを摑み、ゆっくりとひと口すする。温かいミルクが食道を通って胃に到達する。じんわりと身体の中が温まっていくのがわかって、内臓まで冷たくなっていたのだろうかと思った。

「飲み終わったらこれに着替えろ。俺のジャージだから相当大きめだが裸よりマシだろ。ちなみにパンツは新品だから安心しろ」

「何から何まで、本当にすみま……」

「すみませんはもう言うな」

デスクに腰を預け、檜野は軽く首を振った。その表情にはいつになく強い疲労が滲んでいて、智秋はまた「すみません」と口にしそうになる。

「……ごめんなさい」

「同じだろ」

バカ、と檜野が小さく笑った。

そんなことで智秋の胸はずきずきと疼《うず》く。檜野が微笑んだ、それだけで。

まったく自分はどうかしてしまったんだろうか。

「今夜は泊まっていけ」

智秋は思わず俯けていた顔を上げた。

「命令だ。今夜は入院」

「入院って……」

「俺の部屋」

檜野は天井を指さす。

「帰ります。そこまでご迷惑はかけられません」

「このみぞれの中ひとりで帰られる方が、よっぽどご迷惑なんだよ」

「でも」

「麻酔が切れる前に痛み止めと、それから抗生物質を飲まなきゃならん。それに十針も縫ったんだから今夜は熱が出るかもしれない。いちいち電話で様子確認したり指示したりすんの面倒くせえから、とにかく今夜は泊まれ。いいな」

わかったら早く着替えろと檜野は乱暴に告げた。

有無を言わせぬ口調に、智秋は黙って頷くしかなかった。

二時間ぶりに檜野の部屋に戻ってきた。二時間前と何も変わらない部屋。違うのは暖房が入れられていることとカーテンが閉まっていること、そして主である檜野がいることだ。

何か食べた方がいいと言われたが、食べられるような状態ではなかった。寝室に案内され、倒れるように檜野のベッドに横たわった。

「夜中に腹減ったら起こせよ。俺の得意料理であるところの、カップ麺を食わせてやる」

「……はい」

ドアを閉め、檜野が部屋を出て行く。

檜野のジャージに身を包み、檜野の匂いのするベッドに横たわる。くすぐったいような幸福はすぐに、このベッドで檜野は誰を抱くのだろうという絶望感に変わる。甘いのか苦いのかわからない感情に弄《もてあそ》ばれるうち、智秋は泥のような睡魔に呑まれていった。

どれくらい時間が経ったのだろう、眩《まぶ》しさに目を開いた。

「悪い。起こしたな」

「檜野さん……」

「今、熱測ってる」

気づかないうちに智秋の脇には体温計が挟まれていた。ほどなくピピッと電子音がして、檜野が体温計を取り上げた。

「やっぱり少し上がったか。解熱剤飲むほどじゃないが……痛みはどうだ」

「大丈夫です」

喉が掠《かす》れて変な声になっている。頭がぼーっとしているのは、やはり少し熱っぽいせいかもしれない。

「じゃあ様子見るか。痛くなってきたら我慢せずに呼べよ」

はいと小さく頷くと、傍らの檜野が立ち上がった。

「あの、檜野さん」

「ん？」

「檜野さんはどこで寝てるんですか」

「俺は、そっちだ」

開いたドアからリビングのソファーが見える。

「いいから寝ろ。俺はあっちでまだテレビを——」

「行かないで」

口をついた言葉に、智秋自身が驚いた。

これはきっと熱のせいだと、咄嗟《とっさ》に心が言い訳する。脳がどろどろになって、まともな思考ができなくなっているに違いない。

「ここに、いてください」

「……智秋」

「行かないで……お願いだから」

驚きに檜野の瞳が大きく見開かれた。

智秋は手を伸ばし、檜野のシャツの裾《すそ》を摑んだ。

「お願い……」

智秋の思い通りになることなんて、この世にきっとひとつもない。そういう星の下に生まれてしまったのだ。だから何もかも上手くなんかいかない。真性包茎に生まれたのも、運動会で靴が脱げたのも、初めての恋人に手ひどく振られたのも、みんな運命なのだ。運命には逆らえないと教えてくれたのは、他でもない檜野だ。

ここで「行かないで」なんて恥ずかしいことを口にしたのも、きっと運命なのだ。この世に生まれるもっとずっと前から、智秋は今夜檜野に抱いてもらうことになっていた。愛なんてなくても、これが最後になったとしても、今夜だけは檜野を間近に感じていたい。そしてひと夜の幸せを胸に、残りの人生を生きていくのだ。

恋なんてもう二度としない。もう一生いらない。

「愛なんかなくていい。そんなものないって最初からわかってます。だから……望んでない」

「愛はなくてもいいから抱けと？」

ひとりにしないで欲しいと思った。傍にいて欲しいと。けれどこの状況でのそれは「抱いて」とほぼ同義語だ。現に檜野にはそう伝わった。本心なのだから否定するつもりはない。

「だって檜野さんは、おれの身体が」

気に入ったんでしょと言いかけて、さすがに口を噤《つぐ》んだ。

「お前はそんなふうに思っていたのか。俺が、お前の身体目当てだと」

「だって……」

そうじゃなきゃ辻褄《つじつま》が合わない。何度も店を訪ねてきたり、優しくしてくれたり。

「そういうことか」

深く長いため息が、枕元に落ちてきた。

「なんだかなぁ。もう、脱力というか」

檜野がゆっくりとベッドに腰を下ろす。振動で智秋の身体はぐわんと揺れた。

「智秋、ひとつ聞いてもいいか」

「……はい」

「別れたのか、あいつと」

少し迷って、智秋はこくりと頷いた。

「もう会うのはよそうって、言いました。もうおれたち元には戻れないからって」

「お前は終わりにしたいのにあいつは納得しなくて、それでじゃじゃーんとナイフ登場ってわけか。下手クソなメロドラマだな」

「芳朝、すごく酔ってたみたいで」

「酔ってたら人を刺してもいいという法律は、残念ながらこの国にはない」

厳しい口調で檜野は言った。

「酔って昔の恋人に乱暴してもいいという法律もな」

「檜野さん……」

気づかれたかもしれないとは思っていたが、言葉にされるとやはり衝撃が大きい。自分はかつて愛していた男に乱暴された。無理矢理犯されたのだ。智秋の頬は震えるような羞恥で熱くなる。

「お前が繰り返す『すみません』の意味を考えていた」

「……意味？」

「すみません、すみません、おれの恋人が迷惑かけてすみません、おれたちの恋愛に巻き込んでしまってすみません――お前がそう思っているのなら、そういう意味のすみませんだとしたら、俺はどうしたらいいのかわからん。お前はあくまであいつの側の人間で、俺はお前らの恋愛の単なる登場人物ってことになる。学芸会でいえばさしずめ『通行人1』だとか『村の狸《たぬき》2』だとか『電信柱3』だとか、そんな役どころだ。抱いてと頼めば愛などなくてもセックスする、最低の町医者ってか？　あ、学芸会にセックスは出てこないな」

ハハッと笑う檜野の声は、乾いて軽いのにひどく沈んでいる。

深夜だからだろうか、疲労からだろうか、俯く表情にはいつもの覇気がなかった。

「こんな目に遭わされて、それでもお前はあいつを庇う。ナイフ振り回したのは酔っていたからだと」

「庇ってなんか」

「じゃあどうして『すみません』なんだ。どうして『ごめんなさい』なんだ。なぜお前は俺に謝る。怪我人の手当をするのは俺の仕事だ。感謝の言葉は嬉しいが、謝罪される意味がわからない」

「それは……」

「ここが地球じゃなくどっか別の星だったら、俺は間違いなくあいつをぶっ殺している。俺たちが人間じゃなく、もっと単純な構造の脳を持ったお気楽な生き物だったらな」

檜野は智秋の怪我をした左手を持ち上げ、愛おしむように自分の頬に当てた。

「俺があいつを殺して、力ずくでお前をかっ攫《さら》って、それでお前が幸せになるんなら俺はとっくにそうしている。けど現実はそう簡単にはいかない。ゆらゆらと迷いながらも、お前の心には確実にあいつがいる」

檜野は包帯の上にそっと唇を当てた。

「あれほど待ってろと言ったのに、お前がいなくなっていたから俺は慌てて部屋を飛び出した。このみぞれの中傘も持たずに、よっぽど急いで出て行ったんだろうとな。案の定お前の横にあいつの姿が見えた。猛烈にむかついた。何か言い争っているのが聞こえて……走って近づいたらあいつがナイフを持っているじゃないか。本気でちびるかと思った。怖くて。お前が刺されたらどうしようと思ったら、足が竦《すく》むほど怖かったよ」

檜野の吐息を包帯越しに感じる。

温かくて優しくて、智秋の眦《まなじり》からひと筋涙がこぼれ落ちた。

これじゃまるで智秋が欲しくて、手に入らなくて苦悩しているみたいだ。

そんなはずないのに。都合のいい思い違いに、縋《すが》り付きそうになる。

正義の味方のお医者さんは、町の人みんなの味方。ひとりじめできるはずないのに。

「おれは、芳朝を庇ってるんじゃないんです」

「もういい」

檜野は俯いたまま首を横に振った。

「おれが、檜野さんに申し訳ないと思ったのは……」

言わない方がいい。言うべきじゃない。何を言っても言い訳なのだから。

だけど言葉は舌を滑り落ちる。檜野に嫌われたくないという、傲慢《ごうまん》な心をのせて。

「あいつが、檜野さんを刺すって言ったから……だからおれ……」

「俺を?」

ゆっくりと、檜野が顔を上げた。

「あいつは、俺を刺すと言ったのか」

「は……い、すみ、ません」

声が掠れ、涙がまたひと筋零れ落ちる。すみませんと、また言ってしまった。

「おれ、ほんとにバカだから、芳朝、浮気してたのも気づかないで、ずっと信じてて、より戻せるかもしれないって、きっ、期待して……」

しゃくり上げるたび、涙が溢れた。

「檜野さんまで巻き込んで……もし檜野さんが、刺されたりしたら、おれ、生きていけないと思って、だから……だ、だから……」

だから智秋は怖くなかった。

檜野が刺されるくらいなら、自分が刺された方がマシだと思った。

檜野がなぜ警察を呼ばなかったのか、智秋にはわかっていた。警察沙汰《ざた》になれば知られたくない事情を話さなくてはならない。隠している性指向が、近所に知れ渡ってしまうことにもなりかねない。檜野の優しさが、智秋をさらに嗚咽《おえつ》させた。

「檜野さんは、みんなの、大事なお医者さんで、それに、す、好きな人も、いてっ」

ヒッ、と激しくしゃくり上げた。横隔膜が痙攣《けいれん》して情けない声ばかり出てしまう。

「好きな人？」

「おれだけが、特別じゃないって、全然、わかって、るけど、でも」

「智秋？」

「でも、おれ……おれ、うっく」

思わず嘔吐《えず》いた。胃液が上がってきて、吐きそうになる。

「おい！」

驚いた檜野が布団を剝《は》ぎ、智秋の身体を素早く抱き起こした。

「大丈夫か。気分が悪いのか」

違う、と首を振った。

「もういい、しゃべるな」

「おれ、別れた。ちゃんと、芳朝と、別れました」

「わかった。わかったから」

檜野が背中をさすってくれる。

こめかみに流れていた涙が、今度は頰を伝って布団へと落ちた。

「檜野さん、知ってたん、ですよね。芳朝が、おれ以外の女とも、付き合ってるって。だから『やめておけ』って」

背中をさする檜野の手が、一瞬だけ止まった。

「あの日、豆腐を買って帰ったところに、ここ数日具合のよくなかった近所のおばあちゃんの家族から『往診してもらえないか』と連絡が入った。すぐに支度をして診療所を出た。チャリ飛ばして、お前の店の前を通った」

「芳朝と……会ったんですか」

檜野は「いや」と首を振った。

「会ってはいない。ただ……あのクソ野郎が車に乗り込むところを見た。派手な女が運転していたよ。まったくあん時ぶん殴っておけばよかったと、俺は今猛烈に後悔してる」

芳朝の本性を知った檜野は、居ても立ってもいられず翌日木嶋《きじま》文具店を訪ね『あいつはやめておけ』としつこく絡んだのだ。

ようやくすべてに納得がいった。

「芳朝、四色ボールペンって……言ってたんです」

「四色ボールペン？」

付き合い始めてまだ日の浅い頃のことだ。恋愛について芳朝と話したことがあった。芳朝は『いつもカラフルな恋がしたい』と言った。智秋が首を傾げると、彼は手にした四色ボールペンを見ながらこう説明した。

『人にはいろんな感情があるだろ。その時の気分によって一緒にいたい相手も変わるのって普通だと思わないか？　赤の気持ち、青の気持ち、緑の気持ち——指先ひとつで色を変えられるカラフルなボールペンみたいに、気楽な恋がいいな、俺は』

そして芳朝は、事実そんなふうに恋を楽しんでいた。悪気の欠片《かけら》もなく。もっと早く気づけばよかった。いや、本当は心のどこかで気づいていたのに、認めるのが怖くて目を向けなかった。あの時の智秋に『どういう意味だよ』と問い質《ただ》す勇気があれば、檜野を危険な目に遭わせることはなかった。

「ほんと、おれ、バカみたっ……」

ぐっと喉の奥が鳴った。

「でもよかった。檜野さん、がっ、刺されなくて、ほんとによかった……ヒック」

「しゃべるなって言ってるだろ」

顔も声も頭の中も何もかも、見事なくらいぐちゃぐちゃだった。自分は檜野にどうして欲しいのか、何を伝えたいのか。それすらもわからなくなっていた。

愛がなくてもいいなんて嘘っぱちだ。身体じゃなく、欲しいのは檜野の心。

——好きだ。

檜野が好きなのだ。檜野に愛されたい。

めちゃくちゃにとっ散らかった心の奥で、智秋は初めて自分の本音を見つけた。

目を逸らしたくて、だけど逸らせない。

恋なんてしないと誓った傍から、失恋確定の恋に落ちるなんて。

「智秋」

檜野の長い腕が、震える智秋の背中を抱いた。

優しさと残酷さは表裏一体で、智秋の胸は張り裂けそうになる。

「お前、さっきなんで待ってなかったんだ」

「…………」

「言えないのか」

檜野の詰問に、智秋は唇を噛んだ。

「おい、ちゃんとこっちを見ろ」

「やっ……」

頤《おとがい》を摑まれ、顔を強引に上向きにされた。

「質問に答えろ、智秋」

目を眇《すが》めた檜野は本当に子供が泣き出すほど怖い。

智秋は檜野の追求から逃れようと、顔を横に向ける。

「言いたくないなら俺が当ててやろう。お前、あれを読んだろ」

あれとは何か、問うまでもない。机の上にあった手紙の下書きだ。

「すみません……でした」

消え入るように智秋は呟いた。置いてあったからなんていう言い訳は見苦しいだけだ。手にとって文字を追ったのは智秋の意思に他ならない。檜野の顔をまともに見られなくて、横を向いたままうな垂れた。檜野は「やっぱり」と深いため息をついた。

「じゃあ、お前はあいつに呼び出されて出て行ったわけじゃないんだな」

智秋は小さく首を振る。呼び出されても、会いに行くつもりなどなかった。

「机の上のあれを読んで、俺に恋人がいると思って、飛び出して行ったってわけだ」

「……………」

「それで『愛なんかなくても』に行き着いたのか。まったくお前は」

檜野がまたため息をつく。

しかしなぜだろう今度のため息には、ほんの少しだけ甘い。

「せっかく立派なちんちんになったのに、頭の中はまだ中学生のまんまだな」

「ごめっ、なさっ……」

呆れられてしまった。バカなことをしたから。智秋は布団に顔を押しつけ嗚咽した。

「ごめっ……な、さい」

「すみませんとごめんなさいは禁止だと言ったろ。何度も言わせるな、バカ」

「ごめ、っん、っく……ヒッ」

「智秋」

「ほん、とに、すみまっ」

「顔を上げなさい、智秋」

両肩を挟むように摑まれ、智秋はぐしゃぐしゃの顔を上げた。

「本当にしょうがねえやつだな、お前は」

「すみま——」

言いつけ破りの謝罪を繰り返す口が、突然その自由を奪われる。押し当てられたのが檜野の唇だと脳が理解するのに、少し時間がかかった。

「……んっ」

檜野にキスをされている。

信じがたい状況に、智秋は真っ赤に潤んだ目を何度も瞬《しばた》かせた。

「どうしようもないバカだよ、お前は」

一度唇を離し檜野が囁く。甘くて低い声が、頰に耳にかかる。

何か答えようと思う間もなくまた唇が重なる。

啄《ついば》むようなキスを、檜野は何度も何度も繰り返した。

「んっ……」

「本当にバカで、もはや付ける薬もない。救いようがねえ」

深くは繫がらない、舌さえ絡まないキス。

なのにどうしようもなく翻弄される。鼓動は限界まで速度を上げ、息が苦しくなる。

「檜野、さん……」

ようやくその名を呼んだ。しかし檜野は答えてくれない。切なくて悲しくてまた涙が零れた。こんなに優しいキスをされているのに、ちっとも満たされない。

「俺は今夜、お前を抱かない」

ようやく唇を離し、檜野は強い声で言った。

「人の机の上のものを勝手に読んだ罰。待ってろと言ったのに勝手に飛び出していった罰。それから『愛なんかなくても』なんてくだらねえことを言った罰だ」

ぎゅうっと心臓が縮む気がした。

耳元で囁くように、檜野は冷たい言葉を放つ。

辛くてもこれが現実なのだ。受け止めなくちゃと智秋はまた唇を噛む。

「もう寝ろ。少しでも眠らないと辛いぞ。明日も店、休みにするつもりはないんだろ」

「…………」

「ほら、早く横になれ」

のろのろと身体を横たえると、檜野が布団を掛けてくれた。すっかり乱れた前髪を、檜野が指で梳《す》いてくれた。

「ちゃんと眠れよ。おやすみ」

「……みなさい」

静かにドアが閉まる。智秋はそっと瞳を閉じた。

扉の向こうで檜野は、手紙の下書きの続きを書くのだろうか。それともさっき智秋が運んできたサマーオレンジのインクで、いよいよ清書をするのだろうか。

さっき自分にしたように、檜野が見知らぬ女性と唇を重ねる情景が、目蓋《まぶた》の裏に浮かんでは消える。強く目を瞑ってみても、とてもじゃないが眠れそうにない。

檜野の唇の感触を未練がましく思い出しながら、智秋は眠れぬ夜を明かした。

愛がなくてもキスはできるんだろうかと、それればかりを考えていた。

翌朝檜野の部屋を出た智秋は、そのまま自宅に戻り店を開けた。夜のうちに熱はすっかり下がり、傷の痛みもずいぶん和らいでいた。

普段と変わらない平凡な一日だったが、左手が使えないことで、万年筆の調整は来週まで時間をもらうことになってしまった。事情はどうあれ、お客さんに迷惑をかけることになってしまい、智秋の心はますます塞いだ。

あらためて、自分はひとりなのだと感じる。両親のことはよく覚えていない。というよりほとんど記憶がない。けれど寂しいと感じたことはなかった。いつも傍に文郎がいたし、彼を慕う店の客たちが何かにつけ智秋を気にかけてくれた。

大人になり、芳朝と知り合って、誰かに必要とされる喜びを知った。結局こんなことになってしまったけれど、別れを決めた夜でさえ、なぜだろう今ほど孤独ではなかった。

夜、ふたたび診療所へ向かった。今朝檜野に『必ず消毒に来い』と念を押されていたからだ。正直、檜野と顔を合わせるのは凄絶《せいぜつ》に気が重かった。消毒や抜糸が自分でできるならやってしまいたいくらいだ。

『行かないで……お願いだから』

昨夜の台詞を思い出すたび、何度でも顔は火を噴いた。タイムマシンで昨日に戻って自分を絞め殺したくなるほどの恥ずかしさが、ドクドクと鼓動にのって全身を駆け巡った。

昼過ぎまでは、主に「診療所に行かずに済む方法」を考えていたがさすがにいい考えは浮かばず、午後からは「檜野以外の医師に消毒・抜糸を頼めないか」と考えた。しかし何曜日が代診の日なのか、そもそも代診を頼む日があるのかどうかもわからず、日が傾く頃には「行かなくてはなるまい」と諦めの境地に達した。子供じゃないのだから。

途中の商店街にある輸入食品の店で、檜野が以前好きだと言っていたブルーチーズと、それに合いそうなフルボディのワインを買った。一宿一飯の恩というやつだ。

受付で体温計を渡され、待合室で少し待った。智秋より後から来た高校生が、先に呼ばれて診察室に入る。檜野が智秋の消毒を今日最後の治療にするつもりだと気づき、またぞろ気持ちが重くなった。

「木嶋さん、木嶋智秋さん」

「はい」

「お待たせしました。診察室へどうぞ」

看護師に案内され、初めて正規のルートで診察室へ入った。そういえば首から聴診器を提げた檜野を見るのは初めてだなと、ぼんやり思った。

「えーっと木嶋さん、あれから傷は痛みましたか」

看護師がいるせいか、やけによそよそしい口調だ。

「大丈夫でした」

「それはよかった。じゃあちょっと診せてください」

包帯を外し終わった看護師が、受付の女性に呼ばれ診察室を出て行った。絶妙のタイミングで席を外され、智秋の緊張は一気に高まる。目の前で動く唇を、必要以上に意識してしまう。

「あれから熱は上がらなかったか」

看護師がいなくなった途端、いつもの口調に戻った。

「上がりませんでした」

檜野は黙って頷き、ピンセットで消毒液を含んだ脱脂綿を摘《つま》んだ。消毒が済めば包帯を巻き直しに看護師が戻ってくる。その前にと智秋は空いた右手で持ってきた紙袋を差し出した。

「あの、これ」

「なんだ」

「お礼、です」

「礼？」

檜野が消毒の手を止める。

「昨日、泊めていただいたお礼です。それとお借りしたもの。ジャージは洗濯しましたが下着は新しいのを買いました。サイズ間違っていたら買い直してきますので言ってください。本当にご迷惑おかけしました」

それには答えず、檜野は少し難しい顔で傷に新しいガーゼを載せた。

「智秋」

「……はい」

「確か木嶋文具店は、第一と第三日曜日が休みだったな」

「ええ、そうですけど」

「今度の日曜は第一日曜だ。お前、何か用事はあるか」

家族もいない、恋人もいない智秋に日曜の予定などあるはずがなかった。

「……いえ」

「じゃあ日曜の朝に抜糸をする。できるだけ早く来い」

日曜は診療所も休みのはずだ。どうしてわざわざ休診の日に抜糸なのだろう。よくわからないがおそらく檜野の方に何か理由があるのかもしれない。智秋は黙って素直に頷いた。

看護師に包帯を巻いてもらい診察室を後にする。包帯の列や締め付け具合が均一で、昨日とは比べものにならない出来映えだった。

出て行く智秋を檜野は振り返らずカルテにペンを走らせていた。その手にあるのは、注射器にも似た硬質で透明なボディは、ペリカン社製スーベレーンｍ８００デモンストレーター。遠目に見えるインクの色は、ツバキのブルーブラックのはずだ。

ガリガリガリガリ。いつもの背中を少し丸めた独特な姿勢で、やっぱり計算問題を解く小学生のように。見なくても智秋にはわかる。カルテに踊っているのは道路で干からびているミミズのような文字だ。

檜野の背中、檜野の手、檜野の文字。目を瞑っても脳裏に焼き付いて消えない。なのに何ひとつとして手に入れられるものはないのだ。

静かに閉まるドアの音を背中で聞きながら、智秋は小さなため息をついた。

日曜の朝、智秋は電話のコール音で起こされた。こんな時間に誰だろうと思って受話器を取ると『まだ寝ていたのか』といきなり怒られた。

『早く来いと言ったはずだぞ』

「檜野さん……？」

『さっさと起きて支度しろ』

寝ぼけ眼《まなこ》で時計を見ると、まだ八時を過ぎたばかりだった。

なぜこんな早朝に抜糸しなければならないのか。もしかすると檜野は朝にしか抜けない特殊な糸を使ったのだろうか。回らない頭で考えた。

「今起きます」

『早くな。あ、それから温かい格好して来いよ』

いいな、と檜野は電話を切ってしまった。智秋は布団から這《は》いだし、ふああとひとつ欠伸《あくび》をした。

身支度を調え、日曜は診療所の暖房が使えないんだろうかと、カーテンを開けながら首を傾げた。

朝食もとらずに診療所へ向かった。冬の朝の喉が切れそうな空気が、智秋は嫌いではない。思い切り吸い込んで、白い息を吐き出すと、胸のあたりがきれいに洗われたような気分になる。行き過ぎる車の巻き上げた道端のホコリが、朝日に照らされキラキラ輝く。ホコリだとわかっていてもその煌《きら》めきはダイヤモンドダストのようで、ちょっと得した気持ちになった。

とぼとぼとバス停まで歩く道すがら、智秋は考える。

自分は檜野に会いたいのだろうか。会いたくないのだろうか。

考えても考えても答えは見つからない。

負け試合だとわかっていても、一縷《いちる》の望みを託してピッチに向かうサッカー選手ってこんな気持ちだろうか。いや、そちらの方がまだ希望があるだろう。好きな女性に書くラブレター用のインクを頼まれた時点で、智秋の試合は終わっているのだ。

檜野の試合はどうなるんだろう。負けて悲しむ檜野は見たくない。だけど勝って欲しいかと聞かれれば微妙だ。

「てか、そもそも試合じゃないし」

道端の石ころを蹴っ飛ばしたところでタイミング良くバスが来た。

五つ先の停留所でバスを降りた。そこから歩いて二分、診療所の診察室には檜野がいた。なぜか白衣は着ていない。日曜の早朝の患者は、やはり智秋ひとりらしい。

すでに抜糸の用意はできているようで、智秋が椅子に腰を下ろしてからほぼ二分ですべての糸は抜き去られた。

「どうだ。違和感ないか」

「はい。すごく楽になりました」

ぐーぱー、ぐーぱーと手のひらを動かしてみせると、檜野は満足そうに頷いた。

「よし。治療はこれで完了だ」

「いろいろとお世話に――」

「じゃ、行くぞ」

檜野はてきぱきと後片付けをしながら、「へ？」と瞬きを繰り返す智秋を振り返った。

「ほら、ぼけーっとしてないで立て」

「ちょ、ちょっと待ってください」

「ったく、早く来いと言ったのに、ねぼすけのおかげで一時間のロスだ」

ぶつぶつ言いながら檜野は行ってしまう。

何がなんだかわからないまま、智秋は小走りに檜野の後を追った。

診療所の裏手に、檜野は駐車場を借りていた。車で家まで送ってくれるつもりなのだと気づき、智秋の胸は現金に躍った。車なら十分で着いてしまう距離だけれど、それでも短いドライブを楽しむことができる。

低燃費の軽乗用車の助手席で、わざとゆっくりシートベルトを締める。

「車、持ってたんですね」

「これはセカンドカーだ」

「ファーストカーは?」

「いつも乗ってるやつ」

自転車か。智秋は笑みをかみ殺した。

遠回りしてくれないかな。少しでいい。ほんのちょっとでいいからと儚《はかな》い思いを抱《いだ》かずにいられない。檜野がエンジンをかける。昔と違って今の車はあんまり暖機がいらないんだと、運転席の男は絶望的なことを楽しげに言った。

「すみません、送ってもらっちゃって」

「家の戸締まりはちゃんとしてきたか」

「はい、一応」

「宅配なんかが届く予定はないな」

「ありませんけど」

「つまり今日、お前は完全にフリーということだな」

なぜそんなことをしつこく確かめるのか。訝る智秋をよそに、檜野はアクセルを踏んだ。

「家まで送る。が、ちょっと遠回りしよう」

「え？」

心の奥を見透かされたのだろうか。智秋の心臓は臆病なウサギのようにぴょんと跳ねた。

「あーちょっとじゃないな。かなり遠回りになるけど、いいか？」

「いいですけど……どれくらいですか」

一時間とか言われたら、嬉しくて顔がほころんでしまいそうだ。二時間とか三時間とか言われたら「やった」と声に出して叫んでしまうかもしれない。

「そうだなぁ、とりあえず」

檜野がウインカーを出し、ハンドルを切る。車は朝の車道をスムーズに走り出した。

「とりあえず十時間」

「じゅ……」

「その後のことはまあ、十時間後に考えよう」

十時間後はもう夜だ。聞き間違えたのだろうかと智秋は檜野の横顔をじっと見る。

しかし鼻歌交じりの運転手は、視線を前方に保ったまま智秋を振り向こうとしない。

「お前、朝飯まだなんだろ」

「え、あ、はい」

「そこのドライブスルーで何か買おう」

少し先に、ハンバーガーショップの看板が見える。

「あの、檜野さん」

「まさかハンバーガー、嫌いか？」

「いえ、そうじゃなく」

「コーヒーは淹《い》れてきたから買わなくていいぞ」

後部座席を振り返ると、そこには旅行バッグと小さめの魔法瓶があった。智秋はようやく檜野が最初から〝かなり遠回り〟するつもりだったのだと気づいた。

尋ねたいことは山ほどあったが、とりあえず遠回りという名のドライブを楽しむことに専念した。一生に一度、おそらくは後にも先にも檜野とふたりきりでドライブする機会など訪れはしないだろう。だからせめて楽しく過ごしかった。十時間後、さよならの時が来るまでは自分だけの檜野だ。

あえて地図は見なかった。檜野の連れて行ってくれるところならどこだって構わない。檜野の迷いのない運転から、おそらく目的地は決まっているのだろうと思った。

途中、休憩を挟みながら車は高速道路をひた走る。昼過ぎ、ようやく一般道に下りると次第に上り坂が多くなり、景色の良い山道が続いた。山道を揺られるうちつい うとうとしてしまった智秋は「着いたぞ」という声で目覚めた。窓越しに見上げた空に、日はまだ高い。

「すみません、寝ちゃって」

「すげーいびきだったなあ。よだれ垂れてるぞ」

「えっ」

慌てて口元を拭《ぬぐ》うと檜野はそっぽを向いたまま車を降りた。窓越しの顔がニヤニヤといたずらな笑みを浮かべていて、まんまとからかわれた智秋はむすっと口をとがらせながらシートベルトを外した。

駐車場の向こうに古めかしい日本家屋が見える。

四時間のドライブの目的地は、山間《やまあい》の温泉旅館だったようだ。

「なにしてる。ほら、行くぞ」

後部座席から荷物を取り出す檜野に急《せ》かされ、智秋は車を降りた。

部屋に入るなり、ひどく落ち着かない気分になった。通された部屋は大部屋などではなく完全な個室だったのだ。ランチ付きで、個室で休憩する日帰りプランもあるのだと以前町内会の集まりで聞かされたことがある。今時の旅館はどこも経営が大変で、宿泊客だけに拘《こだわ》っていては採算が取れないらしい。

それにしても昼食の時間には少し遅い。夕食付きなんてプランもあるんだろうか。日帰りするにはもったいないほど落ち着いた、趣《おもむき》のある部屋だ。

「お茶、入れますね」

部屋に入るなり窓辺の椅子に腰かけ、ぼんやりと外の景色を見ている檜野に、智秋は声を掛ける。長時間の運転で疲れているのだろう。

「あ、玄米茶もある。ほうじ茶も。檜野さんどれにしますか」

智秋の問いかけが聞こえないのか、檜野は振り向かない。

どこか寂しそうな横顔に、既視感を覚えた。

――まただ。また、あの時の。

智秋の脳裏を、ひとつの情景が過ぎる。

『季節を感じることができるってのはさ、幸せなことだと思わねえか』

診察室の窓から花壇を見下ろし、世界が色づく季節だと研修医だった檜野は言った。

あの時と同じ横顔だ。徳治郎を運んだ病院のロビーでも、同じような横顔を見せた。檜野の目には今何が映っているのだろう。その視線の先にあるものが知りたい。

じっと見つめていると、檜野がゆっくり振り向いた。

「ん、何か言ったか？」

「お茶なんですけど」

「ああ……なんでもいい」

「じゃあせっかくだから玄米茶にしてみようかな」

智秋が茶筒の蓋を開けた。しゅぽっと音がして玄米の香ばしい香りが鼻腔《びこう》に広がる。急須の蓋を開け、茶托《ちゃたく》を探していると窓辺で檜野が立ち上がる気配がした。

「やっぱりいい」

「え？」

「お茶は後でいい」

檜野がゆっくりと近づいてくる。

そして急須の蓋を持ったままの智秋を、後ろからふわりと抱いた。

「檜野さ……」

「見るな」

振り返ろうとした智秋を、檜野は強く抱き締めることで止めた。

「今、俺は多分ものすごく情けない顔をしている。だから見るな」

「でも……」

檜野の腕の中、智秋はもぞもぞと身体を捩《よじ》った。廊下に人の気配はないが、部屋に鍵はかかっていない。智秋の不安を察したのか、檜野は耳元で囁いた。

「旅館の人には、大事な話し合いがあるから夕食まで部屋に入らないで欲しいと言ってある。だから頼む。このまま俺の話を聞いて欲しい」

「話……？」

「京夏のことだ」

ドクンという心臓の音が、檜野にも伝わったかもしれない。

智秋の鼓動は激しくその動きを乱した。

嫌だ。嫌だ嫌だ、聞きたくない。そんな話は聞きたくない。頑是《がんぜ》ない少年が心の奥で地団駄を踏む。両手で耳を塞ぎたいのに、檜野の腕に束縛され身動きがとれない。檜野の腕の中で、檜野の愛する人の話を聞く。そんな残酷な仕打ちを思いついた神さまを呪《のろ》った。

「お前が俺の机の上の走り書きを見て部屋を飛び出したとわかって、俺は嬉しかった。お前が何を勘違いしたのか、なんとなく読めたから」

「勘……違い？」

「お前が眠った後、あの文面をよくよく読んでみて、我ながらこれは確かに恋文だと思った。誤解されても仕方ないなと笑えてきた」

智秋を抱き締めながら、檜野がククッと笑った。

「誤解って……」

「京夏は、俺の妹だ」

「えっ」

「十年前、突然死んじまった」

——亡くなった、妹さん？

今までとは違う、ずんと重い痛みが智秋の胸に走る。頭が混乱した。

檜野は智秋の頭に顎《あご》を載せ、ゆっくりと話し出した。

檜野と妹・京夏はひと回り年の離れた仲の良い兄妹だった。やんちゃで親に心配ばかりかけていた檜野と違い、妹の京夏はしっかり者で心優しい少女だった。いつも元気いっぱい、健康的な魅力に溢れ、兄の目から見ても自慢の妹だった。ところが。

「俺が研修医になった年、京夏が珍しく夏風邪をひいた。夏なのにやけに咳《せき》が続くなと思っていたが、本人が大丈夫というから親も俺もそれを信じていた。病院に行けと言っても、平気平気、咳くらいどうってことないと言って……放置した。医学を学んでいながら俺は気づけなかった」

肺炎だったという。朝、呼吸困難の発作を起こし救急搬送された京夏は、翌日になるのを待たずその生涯を終えた。たった十四年の、短い人生だった。

「あっという間だったよ。人の命ってこんなに儚いもんなんだなと思った。病院がなんだ。最新の医療がなんだ。何ひとつ誰ひとり京夏を助けてやれなかったじゃないか。医学なんてクソくらえだ。妹ひとり助けられなくて医者になる意味なんてありゃしない――そう思った」

徳治郎が倒れた時、檜野は拳を握り締め、絞り出すような声で言った。

『それにしたって、なんでこんなになるまで……くそっ』

あの時、檜野の胸に去来していたものがなんだったのか、智秋はようやく知った。

京夏の死で自暴自棄になった檜野は、病院を休んでふさぎ込むようになった。心配した同級生や病院関係者が代わる代わる檜野の元を訪れ、何とか元の生活に戻ることができたが、気持ちの方は前向きとはとても言いがたいものだった。日に日に、身体と心が離れていくような気がしたという。

「そんなある日のことだ。真性包茎の手術の助手を頼まれた俺は、世にも不思議な事件に遭遇した。手術台から患者が脱走したんだ。フルチンで。文字通りの珍事だった」

くだらないギャグだが、檜野の口調はちっともふざけていなかった。

「中学を卒業したというわりには幼くて、大きな目からぽろぽろと涙を零して、怖いから手術やめにしておうちに帰りますとかなんとか、弱虫の幼稚園児みたいなことを言うんだ。ぷるぷる震えて……どうしようもなく可愛かった。その場で頭っから食っちまいたいくらいに」

「食っちまうって」

智秋の鼓動はますます乱れる。もぞもぞと身体を捩ると「こら大人しくしろ」と叱《しか》られた。

「包茎少年は、抜糸の日、実に元気よく礼を述べた。先生のおかげで立派なちんちんになれました！　ありがとうございました！　となし
「そんなふうに叫んでません」

「なんだか妙に清々《すがすが》しかった。真っ暗だった視界がさ、お前の暴挙とも言える行動を目の当たりにして、なんだかもうスコーンと突き抜けちまったんだな。天井に穴が開いて急に頭上が明るくなった。モノクロの世界がカラーになったみたいだった。包茎は死ぬか生きるかって病気じゃない。けどこいつは本気で悩んでたんだろうなあ、普通のチンコになれて心から晴れ晴れしてるんだろうなあ、と思ってさ」

確かに嬉しかった。更衣室でも旅行先でも、もう必死で隠さなくていいのだと。

「それからしばらくして、そいつから暑中見舞いのはがきが来た。『先生お元気ですか？ぼくは元気に高校生活をエンジョイしています』と、鮮やかなオレンジ色のインクで綴られていた。むかつくくらいきれいで丁寧な文字で」

「はがき？」

「泌尿器科・抜糸担当先生様、なんてわけのわからん宛名でさ。俺はその頃もう別の科にいたんだが、泌尿器科の看護師さんが笑いながら届けてくれた」

「――あっ」

唐突に思い出した。高校でできた友達と、夏休みに海辺の町へ旅行に行った時だ。入浴や着替えの時、前を隠さなくて済んだことが嬉しくて、ふとあの若い医師にはがきを書こうと思いたった。名前がわからないから、医局宛に出した。

ちょうどいろいろなインクを試したかった頃で、持参した万年筆には珍しいオレンジのインクが入っていた。九年前の夏。ずっと忘れていた。

「ずいぶん色褪《あ》せちまったけど、最初は黄色がかったきれいなオレンジ色で……夏みかんが好きだった京夏の、はじけるような笑顔を思い出した。それまではあいつの、苦しそうだった最期《さいご》の顔ばかりが頭に浮かんでいた。けどその時初めて笑ってるあいつの顔、思い出したんだ。夏みかん食べて酸っぱい顔しているあいつの、幸せそうな顔をさ」

あの日、檜野は窓の外の花壇を見ていた。季節の移ろいを感じられるのは幸せなことだと呟いたあの横顔には、途方もない辛い経験が隠されていたのだ。

「智秋」

「……はい」

「ありがとな」

檜野がふうっとひとつ息を吐いた。柔らかい吐息が智秋の髪にかかる。

「お前がちんちん丸出しで逃げ出してくれなかったら、俺は今頃医者なんかやってなかった。お前が立派なちんちんで高校生活をエンジョイしている姿を想像して、俺は元気になれた。

でっかい病院で最先端の医療技術を駆使する医者も大事だが、町外れで下痢から水虫まで何でも診ますって医者も必要なんだ。俺にはそっちが向いているんじゃねえかな。そんなふうに……少しずつ人生の方向性が見えてきた。こんな俺でも、医者として誰かの役に立てるんじゃないかってな。生きる目的を失わずにいられた。お前と、お前のちんちんのおかげだ」

「ちんちんのことは是非忘れてください」

妙な感謝の仕方をされて、思わず笑いそうになる。

檜野の悲しみや苦しみに思いをはせ、胸は熱くなるばかりなのに。

けれど智秋はわかっている。それもこれも檜野なりの思いやりなのだ。妹を亡くした重い過去を聞かせることで、智秋の心に負担をかけないようにという配慮なのだ。

檜野という男は、さりげなくそういう気遣いをする。だから智秋は檜野を好きになった。

「天国の妹さんに、手紙を書こうと思ったんですね。好きだった夏みかん色のインクで」

「いや……」

「違うんですか」

斜め後ろを見上げようとすると檜野は「こっち見るなっつったろ」と智秋の頰を押さえた。

「あれは、酔って書いたただの走り書きだ。あのインクは、消えかかっているはがきの文字をもういちど復元してもらうために頼んだんだ」

「復元？」

「顔料系のインクはいずれ消えるとお前から聞いた日、俺はまさかと思ってお前からもらったはがきを取り出してきた。すると本当に色が褪せていて、すごくショックだった。あのはがきは俺のお守りみたいなものだからな。これ以上色褪せて消えちまったら本気で困る。だから書いた本人に頼んで、新しいインクでもう一度文字をなぞってもらおうと思ったんだ」

本人とはつまり、智秋のことだ。

「じゃあ、あのインクで手紙を書くのは、檜野さんじゃなくて」

「そう。お前」

堂々と言い放った傍から檜野は、少し不安そうに「ダメか？」と尋ねた。

何の気なしに、ほんの気まぐれで書いたはがきだった。出したことすら忘れていたのに、こんなに大切にされていたなんて。

「どうしようかなあ」

照れ隠しに言った意地悪も、檜野の腕の中では睦言《むつごと》でしかない。

胸が熱くて、涙が出そうになった。

「ところで智秋、お前、なんで抵抗しないんだ」

いきなりの振りに、智秋は「え？」と身を硬くする。

「なんで俺の腕の中で、こんなふうにちんまり大人しくしてるんだ」

「だ、だって、檜野さんが、このまま聞いて欲しいって」

「それだけか」

「それだけって……言われても」

情報を整理できない。檜野に誘われ、山間の宿にいる。部屋に入るなり抱き締められて話を聞いて欲しいと言われた。檜野の思い人だと思っていた女性は、亡くなった妹だと聞かされた。そして今度は「なんで抵抗しないんだ」。

「な、なぜなんで、しょう」

「俺が聞いているんだ」

「こ、駒野《こまの》がPK外した時、ま、松井《まつい》が肩を抱いていました。岡田《おかだ》監督はハグを」

「はぁ？」

「ス、スパイクを決められなかった清水《しみず》の肩を宇佐美《うさみ》が——痛てっ」

頭を抱えられ、軽くデコピンをされた。

「檜野さんがそう言ったんじゃないですか」

「確かにお前はいかにもPKを外しそうだな。でもって渾身のスパイクはネット際でもれなくブロックされ、ど真ん中のストライクを空振りするんだ。普段できている四回転ジャンプも、試合じゃことごとく失敗に終わる」

「そ、そこまでじゃ」

「お前の鈍さはワールドクラスだ」

「痛い、ってば」

二度目のデコピンは、涙が出るほど痛かった。

「なあ智秋」

檜野の腕に力が込められる。

「あの時、どうして部屋から逃げた」

「それは」

「走り書きをラブレターだと誤解して、俺の顔見たくなくなって飛び出したんだろ」

優しくて甘い熱を帯びた腕が、智秋の思考を搦《から》め捕る。

「言えよ」

「…………」

「なあ、言えって」

耳元で檜野が囁く。蕩《とろ》けそうな声にもう、逆らえそうにない。

「嫌……だったから」

「何が」

「檜野さんに、好きな人がいることが」

「だからどうして」

「どうしてでしょう」

「思った以上に強情だな」

檜野は智秋の両肩を掴み、上半身を捻《ひね》った。

檜野に支えられなければすぐに畳に転がってしまいそうだ。

「檜野さ――あっ……ん」

檜野の顔を見る前に、唇を塞がれた。

テーブルに片肘《かたひじ》をついた不安定な姿勢で、智秋は一瞬呼吸を止める。

「……んっ……」

あの夜ベッドでされたのとは、まるで違うキスだった。

歯列を割って口内に入り込んだ檜野の熱い舌が、智秋の上顎を執拗《しつよう》にくすぐる。

「ん……ふっ……」

後頭部を押さえられ、首を動かすこともままならない。

湿度の高いキスに、智秋の身体からは次第に力が抜けていく。

「なあ、言えよ智秋。なんで逃げたんだ？」

檜野の濡れた唇が囁くように問いかける。唇の距離は一センチ。

ずっと触れていたい。触れたくて、たまらない。

「好き……だから」

「誰が」

「檜野さんが、好きだから……」

智秋の震える声に、目の前の瞳がふっと柔らかくなる。

「やっと言った」

「わかってる、くせに」

「わかっててもお前の口から言わせたかったんだよ。じゃなきゃ自信が持てねえだろ」

「自信？」

「この半年俺の誘いを拒否し続けたこと、よもや忘れたとは言わせねえぞ。ホテルで逃げられ居酒屋で逃げられ部屋から逃げられ、いい加減俺のハートはズタズタだ」

「……んっ」

「これだけ逃げられ続けてなお『もしかしてこいつ俺のこと好きなんじゃね？』と思えるやつがいたらな」

「……ん……ふっ」

「脳みそがおめでたいか、変態ドMかのどっちかだ」

毒づきながら、時折落ちてくる甘いキス。

願ってもいいのだろうか。この唇を自分だけのものにしたいと。

望んでもいいのだろうか。愛されることを。

「俺はおめでたくもないし変態でもないが、実はこう見えて、わりと柱が足りない」

「……柱？」

智秋は視線を天井や壁に這わせた。

「もしかして耐震偽造、ですか？」

真顔で囁くと、「バカ」とまたひとつデコピンをされた。

「俺の心の話だ。心の柱」

あきれ顔で、檜野が笑った。

「たまにな、本当にたまーにだけれど、ぐらぐらする。足下から崩れそうになる。誰かに傍にいて欲しい。ぬくもりが欲しい。けど誰でもいいってわけじゃない」

智秋にはわかる。檜野の心にある空白のような場所。

辛く苦しい経験をした人間はみな、心の奥に見えない空洞を抱えている。

「お前じゃなくちゃダメなんだ、智秋」

「おれも……檜野さんじゃなくちゃ、ダメ」

互いの柱になれたらいいと思う。

心を添わせ、身体を添わせ、互いの支えになっていけたらいい。

『すり合わさっていくんだろうと、俺は思うんだ』

不意に徳治郎の言葉を思い出した。どんなにクセのあるペンでも、互いに譲り合い理解し合うことで、いつしかかけがえのない一本になるのだと。

「好きだ。智秋……どこにも行くな」

好きだと言ってくれた。檜野が自分を好きだと。夢なら覚めないでくれと思う。一生忘れないように、消えないように、檜野の台詞を胸の奥に焼き付けてしまいたい。

唇を重ねながらゆっくりと畳に横たわる。智秋はもう、頷くことしかできなかった。

外はまだ明るいというのに。シャツの前をはだけられジーンズのファスナーまで下ろされ、檜野の前にしどけない姿を晒した。唇から顎、首、鎖骨と、檜野の唇がゆっくり下りてくる。舌先が素肌をなぞるたび、薄く開いた唇からあえかな吐息が漏れた。

「あっ、やっ……ん」

胸に並んだ小さな蕾《つぼみ》を、檜野は軽く啄み、それから優しく歯を立てた。

「あぁ……ん、や、だ」

じん、とそこから甘美な蜜《みつ》が生まれ、じわじわと身体中に広がる。毒に侵されるように智秋の身体は次第に力を奪われる。縛られているわけじゃないのに、手も足もてんで自由が利かない。唇から漏れ出すのは湿った吐息と、愛しい人の名前だけ。

「檜野さっ……ん」

ん？　と聞き返す声が優しい。

「檜野さんが、好き、です」

「もう一回」

「好き……檜野さんが、好き……大好き」

「だからこうなっちゃったんだな」

頭を擡《もた》げた中心を下着の上から撫《な》でられ、頬がカッと熱くなる。

「先っぽ、もう濡れてきてる」

恥ずかしい指摘に泣きたくなった。

「この半年、お前のことばっかり考えていた。もう一度お前と繋がりたい、身体だけじゃなく心も。そんなこと、ずっと考えてた」

「檜野さん……」

「強引に奪いたいと思ったよ。けどできなかった。多分人間は誰かを好きになりすぎると、情けないくらい弱気になるらしい」

半年前のセックスを、智秋は朧《おぼろ》にしか思い出せない。寂しくて、悲しくて、ただ目の前の身体に縋り付いた。

けれど男は智秋を知っていたのだ。知っていて抱いた。抱いてくれた。

他の男の名を呼ぶ智秋を。

「ごめんなさい……」

思わず口をついた。

「何が」

「いろいろと」

「いろいろって?」

「ホテルから逃げたり、とか」

檜野はクスッと笑い、智秋の下に座布団を敷いた。

「今日こそは逃がさないからな」

へそのあたりを巡回した唇は、敏感な下腹部を舐《な》めつくした後、淡い茂みに達した。

ジーンズと一緒に下着も奪われ、智秋を覆うものは何もなくなった。

「どれどれ、先生によーく診せてごらん。智秋くんのおちんちんはちゃんと治ってるかな」

「は、半年前に、見たでしょ」

「非常に残念なことに、ホテルの部屋が暗くてちゃんと見えなかったんだよ。ほら、足持って。ちゃんと見せろ」

お医者さんごっこじゃあるまいしと思いつつ、両膝の裏を抱える。檜野は智秋の恥ずかしい部分に顔を近づけ、ちゅっと音を立てて口づけをした。

「やっ……」

「思った以上にきれいだな。どこが傷なのか、もう全然わからない」

満足げにそう言うと、檜野は智秋の中心を下から上に舐め上げた。

「や、めっ……あぁ……」

裏側の敏感な筋を檜野の熱い舌が這う。そのまま先端を舌先でくすぐられ、智秋の身体から力という力が抜けてしまった。太股《ふともも》の裏、鼠径部《そけいぶ》、ふたつの袋とそこから奥へ続く道——ゆっくりと舌がなぞるたび、身体の芯がどろりと溶けていくような気がした。

「あぁ……ん、や……だ」

「ダメ……檜野、さっ」

「先っぽから、またいっぱい出てきた」

「やらしい、ちんちんだ」

檜野はまだ服を着たままなのに、智秋にはもう頂が見える。

「ダメ、もう、檜野さ、あっ」

「何がダメなんだ」

「だっ、て……あっ」

ダメだと言っているのに、檜野は智秋の幹をゆるゆると擦《こす》り始めた。

「や、しない、で……それ」

「なんで」

「だっ……て、あっ、ダメ、出ちゃ……っ」

同じ身体の構造をしているのだから、智秋の逼迫《ひっぱく》度合いは伝わっているはずなのに。檜野は智秋の中心を刺激しながら、先端の割れ目を舌で弄んだ。

「やっ、あっ、檜野さっ……ああっ、ヒッ」

イク、と告げる余裕もなく智秋は達した。

あまりに激しい吐精に、腰がびくんびくんと跳ねる。視界が霞《かす》んだ。

「やばい……」

檜野の声で飛びかけた意識が戻ってきた。

「お前の声がエロすぎて、頭がくらくらする」

見下ろした檜野に、智秋の方がくらくらした。口元の精液を手の甲で拭い、ニヤリと笑うその顔は、背中がぞくぞくするほど強烈に〝男〟だった。

「このままがーっといっちゃいたいところだが、残念ながら夕食、少し早めにしてくれと頼んであるんだ。一度風呂に入ろう」

「……はい」

よろよろと檜野の腕に縋って立ち上がる。窓の外はすっかり夕刻の色になっていた。


ふたつ並べられた朱塗りのお膳に、智秋は目を見張った。

「すご……」

旅行会社のチラシに載っているような、色とりどりの料理が所狭しと並んでいる。

「全部食べられるかな」

一瞬心配したが、すぐにお膳の向こう側であぐらをかく男が、人間離れした胃袋の持ち主だったことを思い出した。

「冷めないうちに食おう」

「はい」

ビールで乾杯し、いただきます、とふたり同時に箸《はし》を取った。

何から食べようか迷い、智秋はマイタケの天ぷらに手を伸ばした。

「檜野さん、調べてくれたんですね」

「ん？」

「キノコづくしですよね、このお膳」

吸い物の中にも小鉢の中にもナメコやシメジが見える。焼き網の上に載っているのは見たこともないほど大きな松茸《まつたけ》だ。お櫃《ひつ》のご飯もきのこ飯だと仲居が言っていた。

「おれがキノコ、好きだって言ったから」

「まあな……さすがにまだ焼けねえか」

照れたように、檜野は松茸をひっくり返した。

「お前だって俺の好物覚えてただろ。あのブルーチーズの美味《うま》かったのなんのって。キノコはその恩返しだ」

恩返しが可笑しくて、智秋は思わずビールを噴き出しそうになる。

マイタケの天ぷらはさくさくして本当に美味《おい》しかった。どこか懐かしい、文郎がよく揚げてくれた天ぷらの食感に似ている。

「近所のお店でもよかったのに」

いったいいくらの料理なのだろうと下世話なことを考え、智秋はハッとした。

「檜野さん、ビール……」

「あ？　ビール？　手酌でばんばん飲め。足りなかったら追加……」

「そうじゃなくて。檜野さん、飲んじゃってますけど、い、いいんですか」

「俺？　――あぁ」

ようやく意味を解した檜野が、にやりと片眉を上げた。

「お前、まさか日帰り入浴プランかなんかだと思ってたわけ？」

「浴衣《ゆかた》まで着たってのに、これ食い終わったら帰りたいのか？」

「ち、違うんですか」

「そういう、ことじゃ……」

ならいいじゃねえかと、檜野は松茸を持ち上げた。

「いい香りだ。そろそろ食えそうだな」

「じゃ、じゃあ、檜野さんは最初から」

「当たり前だ。お前が逃げだそうとしても逃げ出せない山の中の一軒宿で、しかもキノコづくし御膳。ハードルは予想以上に高かったが神は俺に味方した。日頃の行いがいいからな。先週奇跡的にキャンセルが出て予約が取れた」

「十時間だけって、言ってたくせに」

「とりあえず十時間と言ったろ。お前が『どうしてもおうちに帰りたい』と泣いて脱走するかもしれねえだろ」

「しません」

「いーや。信用できねえな。お前だ・け・は」

ひどい言われようだが、確かに檜野を疑心暗鬼にするくらいには、逃走を繰り返している。

「まずは山奥に監禁だ。それから餌で釣って延長を願い出ようかと思っていたのさ。なかなか緻密《ちみつ》な計画だろ？　……うん、美味い。松茸、智秋も食ってみろ――わ、熱《あ》ちっ」

檜野の計画にまんまと嵌まったのだと知り、智秋はもう笑うしかなかった。檜野が松茸で火傷寸前なのが可笑しくて、熱い顔のままビールを呷《あお》るのが可笑しくて、とうとう声をたてて笑い出してしまった。

「お前なあ、笑ってるけど、ほんとに熱いんだぞ」

「あは……すみません、でも……あははは」

腹筋が痛い。こんなに笑ったのはいつ以来だろう。

もうずっと長い間、心から笑っていなかった気がする。

大笑いしたら喉が渇いて、いつもはあまり飲まないビールがとてもとても美味しかった。

「おい、あんまり飲むなよ、智秋」

「さっきは手酌でばんばん飲めって言った」

「ペースが速い。もっとゆっくり」

「ばんばん飲みたい気分なんです。どうせ泊まるんだから、酔ってもいいですよね」

くいっとグラスを空ける智秋を、檜野は難しい顔で見つめている。

「いいような、悪いような」

「なんですか、それは」

「いや、酔ってもいい。いいんだがしかし、少々困るというか」

いつになく檜野は歯切れが悪い。

「酔ったお前は、エロ過ぎるんだ」

「エ……」

「俺とて人並みに理性は持ち合わせているが、酔ったお前のエロさときたら、そんなもんロケットで大気圏外まで吹っ飛ばすくらいの衝撃がある」

半年前、ホテルに連れて行けと智秋に縋られ近くのシティーホテルに入ったが、その時点で檜野は智秋をどうこうしようとは思っていなかったという。ところが部屋に入るなり、潤んだ瞳で『抱いてください』と迫られた。いけない、こいつは元患者。しかも中学生……いやでももう中学生じゃないな……抱いてくれないと死んじゃうと言っているし……これは合意だろうか、うん合意だな、合意とみなす。ぐるぐる悩んだ末、檜野は智秋を抱いた。

「お前は自分が何を言ったのか覚えてねえだろうがな、百戦錬磨の俺の腰が砕けそうになるくらい、それはそれはエロい顔でエロいことを口走ったんだぞ。翌日俺は、情けないことに二十年ぶりに夢精をした」

「………」

こほん、とひとつ空咳をし、智秋は開き気味だった浴衣の襟をきっちり合わせた。

「おい、閉じるなよ。せっかくの絶景が」

「困るんでしょ、おれがエロいと」

「お前は、どうしてそうオトコゴコロってもんがわからないんだ」

檜野は舌打ちし、まだ半分以上残っていたビールを一気に飲み干した。

「そういうこと言って、後悔するなよ、智秋」

「……え」

「俺を煽《あお》るとどういう目に遭うか、じっくり教えてやるよ」

獣の瞳で檜野は笑った。煽ったつもりのない智秋だが、なぜか背中がぞくりと騒いだ。

お膳を下げて床を取った仲居が下がるや、檜野は智秋の浴衣をはぎ取り、星の瞬《またた》く露天風呂に放り込んだ。内風呂があるとは聞いていたが、露天だと知ったのは夕食を終えた後だった。食事前の男風呂では他の宿泊客と一緒だったが、今度は檜野とふたりきりだ。

「湯加減はどうだ」

「いい感じです。冬の露天風呂って初めてなんですけど、顔がひんやりするからのぼせなくて、ゆっくり浸かれそうですね」

最高です、と振り返るとそこには全裸の檜野が立っていた。胸にも腹にも手足にも余計な肉はひとつもついていない、ため息の出るようなボディライン。ジムで鍛えたというよりも日々の労働によって作り上げられた感のある、無駄のないしなやかな肉体から、智秋は思わず目を背けた。

半年前ホテルで見ているはずなのに、あまり覚えていない。酔っていたし、何より相手など誰でもよかった。今さらながら自己嫌悪に襲われた。

檜野が湯船に入ると、ざーっと勢いよく湯が溢れる。

水面が落ち着くより先に唇を塞がれた。

「ん……こんな、ところで」

「こんなところ？　これ以上のシチュエーションがあるか」

いそいそと肌をすり寄せてくる檜野の瞳は、すでに悪だくみの色だ。

「だ、って……んっ」

「あの時の脱走包茎少年と再会し、こうしてめでたくふたりきりでいちゃこら@露天風呂。今年は実にいい一年だった」

まだひと月以上ある今年を勝手に締めくくり、檜野はまた智秋の唇を吸った。

波打つ湯の中、太股に手が伸びてくる。着衣がないのをいいことに、いたずらな手のひらは智秋の素肌を好き勝手に這い回る。

「やっ……」

さっきさんざん弄《いじ》られて敏感になった乳首を、檜野は指先でくりくりこね回す。変な声が出てしまいそうで、智秋は思わず口元を覆った。

「こら、なにしてんだ」

「こ、声が……」

「塀の向こうは延々と森林だ。さっき確認してきた」

言うなり檜野は湯船の中で、智秋を背中から抱き締めた。

「狸や狐《きつね》に聞かれたって、別に恥ずかしくねえだろ」

囁きながら、檜野が耳朶《みみたぶ》を甘嚙みする。ざわりと全身が総毛だった。

「や、あっ……あぁ、ん」

「智秋は耳と乳首が感じるんだな」

「ダ、メッ……やぁ……」

「ん？　もっと？　仕方ねえな」

両方の乳首を摘《つま》みながら、檜野は舌を耳の穴に挿し込んだ。

智秋はたまらず背中を反らせた。

「い、あっ……ああ、ん」

「そうそう、その声。ああくそ、たまんねえ」

檜野がぐりぐりと背中に押しつけてくる熱。それが次第に硬さを増すのがわかった。

檜野が感じている。自分で感じてくれている。

智秋にはそれが、言葉にならないほど嬉しかった。

もっと素直になってもいいのだろうか。インクで汚れた指先を「いい手だ」と言ってくれたこの人にならば。もっと素直に伝えてもいいのだろうか。今の自分の欲望を。

「欲しい……」

檜野さんが欲しい。喘《あえ》ぐように口にした。

少し驚いた顔をしたが、檜野はすぐに目尻を下げた。

「どこに欲しいんだ」

「…………」

「なあ、智秋、どこに欲しいのか言えよ」

後ろ、と囁くように告げた。己の発した台詞の恥ずかしさにのぼせそうになる。

檜野が智秋の後孔に指の腹を押し当てた。

「まだダメ。解さないと」

「や……欲しい……我慢、できない」

「じゃあ尻、上げろ」

「……え」

「先生に、お尻の穴を診せなさい」

「なんで、ちょいちょい、お医者さんごっこ」

「ほら、ちゃんとこっち向けて」

浴槽の縁に手をつき、檜野の前に尻を突き出した。壮絶な羞恥心はしかし、檜野の舌と指の愛撫《あいぶ》でかき消される。

「あぁぁ……あっ、んっ、やっ」

きゅっと凝った襞《ひだ》を、檜野の舌先がこじ開ける。ぬるりとした感覚に、太股の内側がわなわなと震えた。

「や……だ、やぁ……」

腰が引けそうになる。しかし檜野はそれを許してくれない。両手で智秋の孔《あな》を開き、舌先をゆっくりと出し入れした。

「ひ、檜野、さっ……アァ……」

解すというより、それはもう舌先のセックス。高まる射精感に智秋は頭を振った。

「檜野さん、や……もう、ダメ」

「もう？」

「だ、って、あっ……ん」

「欲しいのか？」

「欲しい……です」

息も絶え絶えに、智秋は夢中で頷いた。

「智秋、ひとつ確認していいか」

「はい……」

「そろそろ約束の十時間が過ぎるけど、延長はどうする」

ここでそんなこと言うなんて。智秋は肩越しに檜野を睨み付けた。

「やめて帰る？　それともひと晩中――」

抱かせてくれるか？

智秋は立ち上がり、意地悪な男の首に抱きついた。

「ひと晩中、欲しい」

檜野の耳朶を噛む。

「檜野さんので、身体中全部めちゃくちゃにされたい。檜野さんなしじゃ生きていけない身体に……なりたい」

チッと舌打ちする音が聞こえた。

「お前は、ほんっとに悪い子になっちまったよ」

「うわっ」

ザバンと湯船から抱き上げられた。

「ちょ、と、危なっ」

「部屋に戻ろう。風邪ひかせるわけにはいかない」

「嫌だ。ここでいい」

「ダメだ。今何月だと思ってるんだ」

ここですると言い張る智秋をなだめながら、檜野は布団に運んだ。


電気を消して欲しいと頼んでみたが、案の定却下された。俺なしじゃ生きていけない身体になっていく過程を見たいのだと言質《げんち》を取られ、智秋は黙るしかなかった。ちゃっかりジェルまで持参してきた檜野の周到さに腹を立てる余裕は、残念ながらもうなかった。

「あぁ……そこっ、ダ、メ……」

枕を抱いて俯《うつぶ》せるや、さっきまで舌が出入りしていた場所を、今度は長い指が行き来する。舌では届かない奥の秘められたポイントを、檜野は的確に刺激してくる。

「ここだろ？　智秋のいいところ」

「やっ……そこ」

「や、じゃなくて、もっと、だろ」

ぬち、ぬち、と響く卑猥《ひわい》な音が智秋の羞恥を煽った。

「やっ……もう、や、だ」

指だけじゃ物足りない。もっと太いもので、深く強く、激しく奥を突いて欲しい。

「中、気持ちいい？」

指を二本に増やしながら檜野が聞く。智秋はこくりと頷いた。

「こっちも欲しいって言ってる」

俯せているのに、下腹に接するほど勃起《ぼっき》した中心を、檜野は意地悪く手のひらで弄ぶ。先端から垂れた透明な蜜を指で掬《すく》われ、思わず背中がびくんと反った。

「ああっ、あ、ダ、メ」

「何がダメ？」

「そこ……触ると、出、ちゃう」

「そこって？」

「さ、先っ……ぽ、いや」

「なんで」

「割れ目のところ、すごく、感じやすい、から」

泣きそうな声で告げる。思春期の中頃まで皮を被《かぶ》っていた経緯から、智秋の先端は刺激に弱い。尿道に近い割れ目に触れられると、不意に強烈な射精感に襲われる。食事前のイタズラもそうだ。檜野が割れ目を舌先で弄ぶものだから、一気に達してしまった。

顔を真っ赤にしながら恥ずかしい事情を口にすると、檜野が指の動きを止めた。

「ダメだ」

「……え」

おずおずと、背中越しに振り返ると、檜野がふるふると頭を振っていた。

「もうダメ。限界」

「な、にが……？」

不安げに上半身を起こすと、思い切り眉を下げた檜野の顔があった。

「多分俺は、一生お前に勝てない気がする」

「……？」

「きっと十年前『ちんちんが万年筆みたいなんです』っておいおい泣かれた時から、俺はお前に魂持ってかれちまってたんだ」

そうに違いないと、檜野はひとりで納得している。

「智秋、上に乗れ」

「え、あっ、ちょっと」

檜野は仰向《あおむ》けになると、智秋を腹の上に跨がらせた。

「で、できない」

騎乗位というのを、智秋はしたことがなかった。芳朝はバックばかり好み、だから智秋はセックスの時の彼の表情をあまり覚えていない。

「お前のペースでいいから。自分で挿《い》れてみろ」

「で、でも」

「いいから、ほら」

檜野は硬く勃《た》ち上がった自分の中心で、智秋の狭間《はざま》をぬるぬる擦った。舌と指で丹念に解されたそこに、檜野がジェルを塗る。その刺激だけで智秋の口からは「あ……」とあえかな声が漏れた。

少し腰を浮かせる。後ろ手に、檜野のものに触れた。

脈打つような熱。凶暴なほどの質量。少し怖いけど、欲しくてたまらなくなる。

「あっ……ん、っく」

先端を呑み込もうとして、智秋は思わず息を詰めた。

「ゆっくりでいいぞ──そう」

「あ、あっ……すご、い……」

じれったいくらい静かに腰を沈めていく。檜野が眉を寄せ、吐息を漏らすのが見えた。内臓が押し上げられるような圧迫感は、繋がっている確かな証《あかし》だ。

「入っ……た、かも」

根元まで呑み込むと、檜野がうっすらと笑った。

「よく全部入ったな」

「すごい自信」

見つめ合って笑ったが、本当によく入ったと思う。

「ご褒美」

そう言って、檜野が腰を軽く突きあげた。

「アッ」

ずん、と身体の奥に何かが打ち込まれる感覚。

深い深い、自分の手さえ届かない場所に今、檜野がいる。

ゆるゆるとぎこちなく前後に腰を動かす。もっと深く欲しいと思うのに上手くいかない。

「檜野さっ……おれ、なんか……下手」

上手に動けないと目で訴えると、檜野が智秋の腰の両側を手で支えた。

「少しだけ腰、浮かせてみな」

「……こう、ですか」

足を踏ん張って、少しだけ腰を浮かせた。その瞬間。

「あっ！　あ、やっ、イッ……」

檜野が二度、三度と下から腰を打ちつけた。さっきより強くリズミカルに繰り返される抽挿に、智秋は思わず高い声を上げた。

「や、檜野、さっ……あ、あっ」

檜野が見上げている。恥ずかしくて顔を隠そうとする手を封じられた。

「顔、ちゃんと見せろ」

「や……」

「俺の顔、ちゃんと見ながらイけ」

「そん、な……あ、あっ、ヒッ」

ひときわ強く突きあげられ、一度大人しくなっていた智秋の中心は、ふたたび震えるように勃ち上がる。

「また濡れてきた。智秋の先っぽ」

「や、だ……」

「糸引いてる」

「やめっ……触ったら、あっ……ああっ」

意地悪な男は、嫌がる智秋の先端を手のひらでくりくり弄んだ。

「こうすると、どうなるんだっけ」

「ダメッ……ダメだってば」

「智秋はあの頃から先っぽが弱いんだよな」

「なっ……」

智秋は驚きのあまり大きく目を見開いた。

十年前の診察室。檜野はやはり気づいていたのだ。

抜糸にしては、やけにあちこち触られた気がする。檜野の手の刺激で半勃ちになってしまい、十五歳の智秋はひどく焦った。

「わ、わざとだったん、ですか」

「さあ。十年も前のことだからなあ。ごめん忘れた」

「ひどい。あの時おれ、本気で焦って」

「うん。本当に可愛かった」

「未成年に、淫行《いんこう》を……あっ、やっ……あぁっ」

黙れとばかりに、檜野が腰の動きを強める。

「処置室で襲われなかっただけありがたいと思え」

「そ、そんな」

むちゃくちゃな理屈だ。

「お前襲っちまって、医師免許剝奪《はくだつ》されて、ふたりで無人島で暮らすのも悪くなかったかなあと、本気で思ったこともあった」

「無人島で、医者なんて」

「智秋専属の医者になるんだ」

「無免許の、専属医なんて……ああ、あっ、やっ」

「そしてお前は、俺専属のペンドクター。最高だろ？　人生の楽園だ」

夢物語を話しながら、檜野の腰はその動きを速めていく。

「檜野さっ……もう、あっ……ダ、メ」

戯言《ざれごと》に答える余裕がなくなってきた。

「どうだ？」

「やっ……も、あっ……」

どっちの「どうだ」なんだろう。朦朧《もうろう》とする頭で智秋は考える。檜野とふたり無人島で暮らすのも悪くないかもしれない。いや、かなり楽しそうだ。

「なに笑ってるんだ」

「笑ってなんか」

「ずいぶん余裕じゃねえか」

檜野が不敵に微笑む。しまったと思ったが遅かった。

「やっ！　あ、あぁ……ひっ」

檜野の楔《くさび》が激しく打ち込まれる。同時に先端の割れ目に指先をねじ込むように押しつけられ、声が掠れた。ぞくぞくと、身体の芯が震える。

「智秋……智秋」

檜野の声が、艶《つや》を帯びてくる。

少し苦しそうに眉間《みけん》に皺《しわ》を寄せた顔が、たまらなく男らしい。

「檜野さっ、檜野っ、さん……」

もう呼ぶことしかできない。ろれつさえ怪しい。けどきっと伝わっている気がする。どれほど好きなのか。どれほど欲しいと願っているのか。

「ち……あき」

抽挿が速まる。汗ばんだ互いの身体のぶつかる音が、智秋の劣情を煽った。

「い、ダメ……イき、そ、あっ」

「イけよ」

命令口調な言葉とは裏腹な、檜野の切羽詰まった声。

「檜野さ、檜野さっ……ん」

「んっ……くっ」

「──ああっ！」

弾けた瞬間、智秋の脳裏に光が差した。

真夏の果実を思わせる、黄色がかった鮮やかなオレンジの光。

その向こうに海が広がっている。

あの夏――檜野に手紙を書こうと思った高一の夏、友達と行った海だ。

いつか檜野を誘ってみようか。

ふたりしてオレンジの光を浴びながら、思い切り浜辺を駆け回るのだ。子供のように。

「智秋、おい、智秋」

「……ん」

頑張って目蓋を持ち上げても、一秒ももたずにまた閉じてしまう。温泉なんて本当に久しぶりだったし、調子にのってビールも飲んだ。

「もうおねむなのか。仕方ねえな」

額に優しいキスが落ちてくる。

「おやすみ、智秋」

今度は唇に。

――おやすみなさい、檜野さん。

答えた時、智秋はもう夢の途中にいた。

淡い眠りが、薄暗い部屋に鳴り響いた電子音にかき消される。

腕を伸ばして目覚まし時計を止めた。

「さすがに四時半は……きつい」

頭を軽く振り、んっ、とひとつ背伸びをした。日の出前に起きるのは辛かったが、檜野は診療所を休むわけにはいかないし、智秋も店を開けなければならない。

「檜野さ——ん？」

隣の男を起こそうとした智秋は、自分の枕元に何かが置かれていることに気づいた。

——なんだろう。

訝りながら手に取ってみると、それは小さな紙袋だった。もぞもぞと布団から起きだし、枕元の照明のスイッチを入れる。紙袋の中から取りだした極小サイズの包みを見て、智秋は思わず「あっ」と声を上げそうになった。眠気が一気に吹き飛んだ。

見覚えありありのクリスマス用包装紙にピンクのリボン。

そこに挟まっているのはトナカイの柄のメッセージカードだ。

間違いない。あの日、檜野のために ラッピングした——。

「……消しゴム」

大事な人に贈る大事なクリスマスプレゼントだと言っていた。

智秋は半笑いのまま、メッセージカードを開く。

【智秋へ

愛している。好きだ。Happy Christmas！

檜野冬都】

脱力するほどの悪筆。驚くほど端的なメッセージ。智秋はとうとう噴き出してしまった。

「まだぜんぜんクリスマスじゃないのに。しかもなにげ、五、七、五？」

相変わらずの文字が踊るように綴る「愛している」。指先でなぞると愛しさが増した。

智秋にはわかる。気の早いこのプレゼントは消しゴムではなく、このカードの方だ。永遠に消えないブルーブラックのインクで書かれたこのメッセージこそが、檜野からのクリスマスプレゼントなのだ。

そろそろ起こそうか。もう少し寝かせておこうか。

迷いながら智秋は、愛しい横顔を見つめた。


クリスマスは打ち上げ花火と似ていると智秋は思う。来るぞ来るぞとドキドキ待つ時間が長く、打ち上げられてしまえばあっという間に終わってしまう。二十六日の朝には前夜までの華やかなイルミネーションはきれいさっぱり取り払われ、商店街は律儀なほど一斉にお正月ムードになる。隣の八百屋の店先にもツリーに換わって松飾りが置かれた。いろいろあった一年も、あと十数時間で終わる。

芳朝から電話があったのは三日前のことだった。無言の智秋に芳朝は『仕事を辞めて実家に帰ることにした』と静かな声で告げた。

怒りもある。酔った上のこととはいえ、檜野を刺そうとしたのだから。けど同じくらい切なくもある。芳朝の名を耳にしても胸が痛まなくなるには、まだ少し時間が必要だ。

じゃあな、と彼は言った。ああ、と智秋は答える。そのまま静かに受話器を置いた。ツーという音を、芳朝がまだ聞いているような気がしてたまらなくなる。

さよなら、元気でな、と胸の中で呟いたら泣きそうになった。

ありのままを伝えると檜野は『そっか』と頷き、いつものように頭をぐりぐり撫でてくれた。泣きそうな顔を見られたくなくて、智秋は消毒液の匂いのする胸に、そっと顔を埋《うず》めた。

「このへんか」

脚立の上で、檜野が尋ねる。

「うーん、なんか右側がちょっと下がっている気が」

「こうか？」

「なあちぃ坊、やっぱりこの際だからよ、思い切って新しい看板にした方がいいんじゃねえか？」

徳治郎がまた横で同じことを繰り返す。古いもので十分だと、何度言っても「せっかくなんだから看板くらい新しくしろ」と迫る。

「まだ使えるんだから、これでいいんですよ」

「ちぃ坊に新しい看板をプレゼントしてえんだよ」

「お気持ちはありがたいんですが――」

「おい智秋、ちゃんと角度見てねえと、曲がったままつけるぞ！」

両手で看板を持ち上げたまま、檜野が怒鳴った。

「すみません。えーっと、もうちょっと右を上げてください。あと一センチくらい――あ、ストップ。そこでいいです」

「檜野先生よう、その看板かけ終わったらおっきい看板の方もきれいに磨いてやんな。『木嶋文具店』はここだ！　って、あっちの角からも見えるように」

「はいはい、わかりました！　ったく人使いの荒い」

ぶつぶつ文句を言いながら、檜野は手にした看板をちょうどいい位置に掲げてくれた。

『ペンドクターのいる店』と書かれた少し小ぶりな古い看板。

文郎が亡くなってからずっと、店の片隅に置いてあったものだ。

二週間ほど前のことだ。店を訪ねてきた男にいきなり『ペンドクターの木嶋智秋さんのお店はこちらでしょうか』と聞かれた。返答につまる智秋に、男は突然の訪問を詫《わ》びながら名刺を出す。驚いたことにメジャーな文具雑誌を出している出版社の編集者だった。

『若いのに腕のいいペンドクターがいると聞いて』

『だ、誰がそんなことを』

『ネットですよ』

驚く智秋を見て、編集者はその十倍驚いた顔をした。

『木嶋文具店、ネットでかなり話題になっているんですが、ご存じなかったんですか？』

ここ数年、巷《ちまた》で静かに万年筆ブームが広がっていることは智秋も知っていた。木嶋文具店はホームページを持っていないが『評判を聞いて』と遠く県外からわざわざ訪れる客もいる。嬉しく思ってはいたが、ネット上で話題になっているとは思いもよらなかった。

雑誌に木嶋文具店の記事を載せたいと言われ、智秋は檜野と、それから退院したばかりの徳治郎に相談をした。ふたりから口をそろえて『断る理由がない』と強く勧められ、年明けに生まれて初めての雑誌取材を受けることになってしまった。

「なんつったってペンドクターの特集なんだからよ、この看板がなきゃ始まらねえ。檜野先生だってそう思うだろ？」

「徳さんの言うとおりだ」

檜野が後ろ向きに脚立を下りながら頷いた。

退院してすぐ、徳治郎は檜野の診療所を訪れたという。そこで檜野愛用のスーベレーンを目にとめた徳治郎は、救急搬送の礼もそこそこに万年筆談義を始めた。同じくらい熱く語り始めた檜野は看護師に叱られてしまい、結局ふたりは日を改め、酒を交えて談義を続けた。その席にはなぜか智秋も呼ばれ、ちょうど迷っていた雑誌取材の件を口にするや、ふたりはシンクロしたように『断る理由がねえだろ』ときっぱり言い放ったのだった。

万年筆の話になると互いに譲らず、意地になって意見を戦わせるくせに、智秋のこととなるとふたりは妙に結託する。徳治郎がふたりになったようでもあり、檜野がパワーアップしたようでもあり、智秋はひっそり苦笑するのだ。

三人でゆっくりと軒を見上げる。大掃除日和《びより》の穏やかな光に『ペンドクターのいる店』と書かれた小さな看板が光る。三年ぶりに日の目を見た看板は、心なしか眩しそうだ。

「なんだか、まだちょっと恥ずかしいです」

照れる智秋に、檜野が活を入れる。

「看板なんてのはな、掲げちまったもん勝ちなんだ」

「勝ち負けの問題じゃなく、まだ自信が」

「俺なんか、研修医二年やってそのまますぐ診療所に来て、二年もしねえうちに前の先生が辞めちまった。三十になったばっかりで、苦情も相談も判断も責任も、ぜんぶひとりで背負うことになった。大変だとかしんどいとか重圧がどうとかほざく暇も振り返る暇もなかったが、そうやって毎日毎日必死にやっていくうちに、自信なんてのは自然と出てくるもんだ」

「よく言った！」

徳治郎がポン、と手を打った。

「いやあ、さすが俺の見込んだ先生だけあるぜ。いいこと言うじゃねえか檜野先生よぉ。聞いたかちぃ坊、俺が言いたかったことは今、檜野先生がみんな言ってくれた。ちぃ坊はもう一人前なんだ。あとはお前さんが、自分は一人前なんだと自覚することだ。待ちに待ったちぃ坊の門出だ。いやめでたい。まったくめでたい」

目頭を押さえんばかりに喜び「今夜は祝い酒だ」と徳治郎は帰っていった。

「ちぃ坊の門出。俺たちも祝おうぜ」

徳治郎の背中を見送りながら、檜野が笑う。

「ちぃ坊って言わないでください」

智秋は眉を吊り上げた。

「雑誌に載ったら、客が増えるだろうな」

「どうでしょう」

「繁盛しすぎて徳さん、油売る場所がなくなるな。ボケられると困るし、仕方ねえから来年は俺が話し相手になってやるか」

ん、とひとつ檜野が背伸びをした。

雑誌の取材のためというのは、本当のところ少しだけ嘘だ。自信がなくて表に掲げられなかったペンドクターの看板を、出してみようと思い始めたのは檜野の存在が大きい。

汚れた指先を「職人らしい」と言ってくれる人。

誇りと自信を持って生きろと、その背中で教えてくれる人。

「なあ智秋。今夜泊まっていいだろ」

「え？」

「せっかくの大晦日だぞ。年末年始だぞ。朝も昼も晩も関係なくお前とイチャイチャしてぇじゃねえか。そうだ、どっかホテル取ってもいいな。ああでも今からじゃ予約は無理か。いっそこの際ラブホでぎらぎら——おい、智秋、待てよ」

この際ってどの際ですかと、智秋は檜野に背を向け店の中に入った。新しい年の始まりをラブホで迎えるなんて冗談じゃない。

「ぎらぎらでもぬらぬらでも、ひとりで勝手にどうぞ」

「ひとりでぎらぎらぬらぬらしたら、変態だろうが」

「店の前で『ラブホ』とか言った時点で、十分変態です」

「お前も言ったろ。今」

「おれは店の中だし」

あまりのくだらなさに、頭が痛くなった。

実は檜野とふたり分のおせちをもう準備してあると言ったら、速攻この場で襲われてしまいそうな気がする。ギリギリまで黙っておきたいけれど、檜野は金魚のふんのように後をついてくる。

「なあいいじゃねえか、泊めてくれよ。いちゃいちゃべたべたしながら新年を迎えようぜ」

「新年を一緒に迎えることはやぶさかではありません」

いちゃいちゃべたべたも、本当はやぶさかではない。

「お、じゃあ決まりだな。着替え持ってくる」

店を飛び出すや、檜野は愛車に跨がった。

「檜野さん、つかぬことを伺いますが」

「なんだ」

「煮物を一品作ろうと思うんですが、豚の角煮と筑前煮《ちくぜんに》、どっちが好きですか」

智秋は断然筑前煮派だ。しかし檜野が角煮がいいと言うなら角煮を作ろうと思っていた。

そういうカンだけは鋭い金魚のふんは、ぱあぁと表情を明るくした。

「なんだよ、やっぱりいちゃいちゃべたべた新年を迎える気なんじゃねえか」

智秋はツンと横を向いた。

「両方は作れませんから。決めてください」

「お前はどっちが好きなんだ」

「檜野さんの好みを聞いているんです」

「どっちかと言えば、俺は角煮がいいけど――」

「わかりました。じゃあ角煮を作ります」

「来年作ってくれ」

「来年？」

なぜ一年先の話を今するのか。智秋は困惑して首を傾げた。

「お前は多分、筑前煮の方が好きなんだろ」

「いえ、別に……」

「顔にそう書いてある。俺はどっちも好きだが、どちらかといえば角煮が好きだ。肉は脂ぎってなんぼだからな」

「だったらやっぱり」

「明日お前は大好きな筑前煮を楽しむ。そしておれは、美味そうに筑前煮を頬張るお前の顔を楽しむ。一年後は逆になるだけ。そうすれば二倍楽しめるだろ」

「檜野さん……」

「食の好みなんてその程度のものさ。自分が美味いと感じるのも幸せ。相手が美味いと感じているのを見ているのは、それ以上の幸せ。だろ？」

そんなこと今まで考えたこともなかった。趣味が合うとか合わないとか、檜野にかかればさもないことになってしまうのだ。

心が満たされていく。じんわりと、優しく。

「なるべく早く戻ってきてくださいね」

智秋の言葉に、檜野が驚いたように瞬きをする。

「早く戻ってきて、おせちの準備、手伝ってください」

内緒話をするように耳元で囁くと、檜野の頬がほんの少し赤らんだ。

今年はお重を用意しないことにした。木嶋家の小さな三段の重箱では、檜野の胃袋を満足させられない。いつもの皿に、いつもの料理を少し多めに作る。少しだけ張り切って、だけど気取らず。筑前煮の他には、田作りだとか黒豆とか、地味な料理ばかりだけど檜野は喜んでくれるだろうか。少し心配だから実は密《ひそ》かにブルーチーズも用意してある。

「わかった。大急ぎで帰ってくるから」

鼻の穴を膨らませ、恋人は張り切ってペダルを漕《こ》ぐ。

ぐんぐん遠ざかっていく背中を、智秋はいつまでも見つめていた。

あとがき

こんにちは。または初めまして。安曇ひかるです。このたびは『ドクターの恋文』をお手に取っていただきありがとうございます。空気は読むもんじゃねぇ吸うもんだ！　とかなんとか言い出しそうな悪筆悪口の町医者・檜野と、空気読もうとしすぎてぐ～るぐるな智秋のなんとも不器用な恋、お楽しみいただけたでしょうか。実は頑固職人な智秋に、檜野先生これから案外手を焼くんじゃないかなぁと思います。楽しみですね。で、気づいたら飲んでばっかりですこの人たち。酔って勝手に変態ごっこでもお医者さんごっこでもすればいいよ。うん。本作の校正中、愛用の万年筆のカートリッジが外れるという悲劇が起き、両手がグリーン（校正用にはいつも緑のインクを使っているのですが）に染まりました。滅多にないことなので、すわ智秋の呪い？　と思っちゃいました。「ひとを包茎にしやがって」と（笑）

山本小鉄子先生、超絶素敵なイラストをありがとうございました。原稿中もどんなふたりにしていただけるのか、ずーっとわくわくしておりました。末筆ながら、最後まで読んでくださった皆さまと、かかわってくださったすべての方々に心から御礼申し上げます。ありがとうございました。次回作でお会いできるのを、楽しみにしております。

二〇一二年　五月

安曇ひかる

✦初出　ドクターの恋文……………書き下ろし

安曇ひかる先生、山本小鉄子先生へのお便り、本作品に関するご意見、ご感想などは
〒151-0051 東京都渋谷区千駄ヶ谷4-9-7
幻冬舎コミックス　ルチル文庫「ドクターの恋文」係まで。

幻冬舎ルチル文庫

ドクターの恋文

2012年6月20日　第1刷発行

✦著者	安曇ひかる　あずみ ひかる
✦発行人	伊藤嘉彦
✦発行元	株式会社 幻冬舎コミックス 〒151-0051 東京都渋谷区千駄ヶ谷4-9-7 電話 03(5411)6432[編集]
✦発売元	株式会社 幻冬舎 〒151-0051 東京都渋谷区千駄ヶ谷4-9-7 電話 03(5411)6222[営業] 振替 00120-8-767643
✦印刷・製本所	中央精版印刷株式会社

✦検印廃止

ISBN978-4-344-82550-5　C0193　Printed in Japan